おなかがすいたハラペコだ。②

おかわりもういっぱい

椎名　誠

集英社文庫

目次

Sea
Salt

挿絵　西巻かな

おなかがすいたハラペコだ。②

おかわりもういっぱい

夏麺サスペンス

夏だ、ソーメンだ。えーとそれに冷し中華そばだ。

ソーメンと冷し中華そばは家で作って食うのにかぎる。この両方とも夏にならないと店に出てこない。たいてい「だいぶ暑くなったからそろそろ出してやっか」という態度だ。最初からエラソーなのだ。

それでも「春からずーっとこの日を待っていました！」というくらい「うまい」のが出てくるのなら多少エラソーにしてもいいが、店が出すソーメンなどで「うまい！」というのにわたくしはこの人生でただの一度も出会ったことがない！

夏がくる前に閉店後、作り方の猛練習をしている、という店などまずなく、夏だからまあ作ってみっか。メニューに書いてみっか。出してちょっと様子みてみっか。という「三みっか的態度」のところが多い。

太陽の下で猛練習していた高校球児とは大違いなのである。だから夏のはじめの頃などは一年前のコツを忘れていて茹《ゆ》でかたが一定していない。それに圧倒的に量が少ない。めんつゆはモロに化学調味料の味と匂いがするし、相変わらず一番上には缶詰の人工着色料の見本みたいな謎の「みかん」か「サクランボ」一ケのせだ。

うまいわけがない。

我が家のソーメンはうまい。

「コンブとかつおぶしと椎茸《しいたけ》」というダシの基本で丁寧に仕込む。コンブは前の日から鍋にいれてねばねばダシ成分を抽出しておく。翌日かつおぶしと椎茸を加えて火にかける。この素朴なダシ三兄弟がよく働いてくれているのを確認したら、薄口醬油《しょうゆ》で仕上げ。完成したダシ汁はフリーザーバッグにいれて冷蔵庫に保管。

で、いよいよソーメンを茹でる。茹で時間は長年のカンでいくしかない。茹ですぎず早あげせず。

そのあいまに小口切りワケギ、ショウガ、みょうが、薄焼きのタマゴヤキ、海苔《のり》たちを全員タンザクに細く切っておく。

冷蔵庫から出したフリーザーバッグの中のダシ汁はたおやかな薄茶色。いま書いた薬味を好みによって投入。家庭ソーメンのポイントはここに上手に漬かった梅干しを丸々一個「えーい」といれてしまう。勇気を出していれてしまう。

　この梅干しを少しずつタレにほぐしながら全体を軽くかきまぜ、いよいよソーメンをいれてススル。梅干しがダシ汁の中の王様であることがよくわかる瞬間ですね。

　ダシ汁は沢山作っておいてフリーザーバッグにいれて次回にとっておくと四、五日ぐらいもちますよ。

　焦って茹ですぎて残ってしまったソーメンは焼きソーメンとしての第二の人生がある。フライパンにほんのちょっとオリーブオイルをいれて余ったソーメンをじゃんじゃん焼く。これは焼きむらが出ても焼きすぎがでてもかまわない。全体が熱くなったところで小さく切っておいたトマトをドサドサいれ、ソーメンを焦げつかせないようにする。ほどよいところで味つけだが、これはなんでもいいみたいだ。ぼくは醤油を主役にシオ、コショウ。ときおりトウガラシもしくはマヨネーズを少し投入したりする。これはぼくが月一回は必ずやっている親父《おやじ》たち釣り仲間とのキャンプの夜食でよく作られるが、酔っぱらってケチャップ味にする奴《やつ》やカレー味にする奴もいて、まあつまりはなんだって食える、というわけだ。

　店で出す冷し中華への不満は量が少ないこと。ドサリ感がない。同じ麺の量でもラーメンなどの汁ものの場合はスープと具がかなり全体の物量感をつくっているが、冷し中華はタレが底のほうにあるだけで、これがそもそもこころ細い。それでもって麵の上にのせる具にきっちりした「定番」がない。まあよくあるのが細切りのキュウリ、ハムかソーセージ、シラガネギみたいなやつ、モヤシ、紅ショウガ、薄焼きタマゴ、焼いて細切りにしたアブラアゲ、ヤキブタの細切り、キクラゲの細切りなどの「細切り一族」。キクラゲの細切りなんかがあったらかなり優秀なほうでこんなのはまあめったにありませんな。何のつもりかソーメンらしきもののカラアゲをのせている店もあった。

つまり多くの定見なき中華料理店は、以上ここにあげた何種類かの具を適当にのせてあるだけなので、注文するほう、作るほう、自信も信頼もなく互いにドキドキしているはかない存在なのだ。

だいたい冷し中華が夏だけしか出ない、ということに疑問を持ったのがジャズピアニストの山下洋輔《やましたようすけ》さんで、同じようにそれを不満としてエッセイに書いたら、全国に同じような疑問と不満をもった人々がゴマンと連携し、激しい激論をうみ「一年中冷し中華を作って出せ運動」のようなものがはじまった。

「全国冷し中華愛好家連盟」（略称＝全冷中）だったか、そういうものが本当にできてしまったのだ。インターネットのない時代だったのが残念。今なら国会を囲むくらいのたいへんな同志的連合勢力がうまれ「全冷党」を結成し、三十四人の議員を国会におくり、全国の中華料理店は春夏秋冬冷し中華を作る法令というものの施行を強いることができたかもしれない。

でも、そういうこともおきなかったから、冷し中華の不毛時代は続き、いまは氷河期に入っている。だからおいしい冷し中華を食べるには家庭で工夫して作るしかない。いまはいい食材を全国から取り寄せられるから、麺の上に蟹《かに》の脚を細く切ったのに紅ショウガの超細切りとほんの少々の切り胡麻《ごま》を隠し味にそえて、なんてのを密《ひそ》かに作ることができる。

蕎麦《そば》にラー油だけ（ネギ少し）をつけて食べるとこれが信じられないくらいうまい、という話は前に書いたような気がする。ベトナムでいうフォー（ビーフン）にパクチーとトウガラシ、というのもかなり上級者向けながら、うまく成功したら旦那、やみつきになりますぜ。

目下居酒屋黄金時代

外国人、とくに欧米系の人が日本に来ると、居酒屋に感動するそうだ。

理由はいろいろあるが、まずたいてい賑《にぎ》わって活気がある。それからメニューの種類が豊富である。安い。大衆向けなのに店の中も厨房《ちゅうぼう》も食器も清潔である。

何よりもサケを飲みつつその豊富なメニューからいろんなものを注文できるのがすごい。その気になれば前菜的なものからメーンディッシュ的なものまで、サケの酔いや自分の腹具合と相談しながら臨機応変に自分なりのコースを作っていくことができる。居酒屋によっては「定食的なごはん」や「麺」などがあるから一軒ですべてまかなうことができる。

なるほど、そう言えば欧米ではサケを飲むにはまずパブになる。そこではサケだけしか出ない。サケと言っても日本酒という意味ではなくて、いわゆる日本のバーにあるビールや各種洋酒（日本からいえば）だけである。そこで酔いの助走をつけて奥にあるレストラン的なものにススム。

そこではメニューがまずうやうやしく出てくる。それを見て、前菜からメーンまでのコースを注文する。伝統的なレストランでは、この最初の注文をきっちりしないといけない。そのきっちりは、肉ならばその大きさ、焼き加減。つけあわせの選別。まことにこまかくうるさい。メニューを決めると途中でコース変更というわけにはいかない。

飲みものも高級レストランになればなるほど〝うるさい〟。

ワインのメニューリストだけで五十〜六十はある。ひとつの銘柄を頼むのでもコルクを抜いてその座のリーダー格が味見する。テイスティングというやつで、これをうやうやしくやらなければならない。よくワインのことを知らないやつも「知っているフリ」をして重々しくやる。

知らないからたいていテスト通過了承になる。稀《まれ》に気にいらなかった場合は不合格の瓶はひっこみ別の瓶が登場する。

このとき最初に不合格にしたワインの不合格の理由をそれなりに述べ、合格したワインを詩のように表現するのが紳士の礼儀とされている。

「深い森を吹き抜ける微《かす》かな風のように流れる歴史を感じる味の奥の深さはさすがだが、

ところどころに巣穴から顔をだしたばかりの幼い雛《ひな》のようなはかない揺れ、波のような若すぎる香りの濃淡がやや気になります。ヴィヨンの妻の奏でるヴィオラの繊細な響きをもとめていますのに……」

とかなんとか。何言ってんだかよくわからない。バカじゃないのか。

しかし近頃居酒屋でもいろんな銘酒がたくさんあらわれて、ワインと似たようなしゃらくさい感想を述べる通人といわれる日本のオヤジがいろいろ出てきた。

「うん、ぐっとよくなってきたね。味が横すべりしていないよ。のどを通りすぎるときに阿武隈川《あぶくまがわ》の春先の風がすこしまざりこんでいるのがわかるね」

本当かよ。

日本酒はワインと違って一升瓶を丸々買うわけではなく（たいていね）、グラスいっぱいの取引だからワインみたいに予選通過もヘチマもない。

居酒屋が脚光をあびてきているのは、このあたりの簡便さも関係があるのかもしれない。ぼくはまずはビール派。「とりあえずビール」のクチだからいいも悪いもない。地ビールなんかを作って「ハウスビール」なんて面倒くさいものを薦める店もある。それを作った親父がカウンターのなかにいてじっとこっちの様子をうかがっているとさらに困る。

　ある酒エッセイに書いてあった。

「うん、最初の泡立ちに地ビールらしいヤル気と若々しさがあって、こんな暑い日にはこの醸成されたアルコール炭酸がのどの〝ビールまってましたよ細胞〟をなめらかに刺激していきますな。ほどよく抑制されたホップが踊りながら脳幹のまわりにふれてとおりすぎるのがよくわかります……」

　なんて嘘《うそ》つけ。どうして口から入ったビールが脳幹方向に行ってしまうのだ。おまえの消化器系はめちゃくちゃになっているぞ。

　ビールは「カキーン、コキーン」と冷えていたらそれでよく、ホップの踊りなんぞを持ちださなくていいのである。そして地ビールは、生産量の多寡によるのかそんなに大騒ぎするほどうまくないのがフツーである。

　話を最初にもどす。いまやもしかすると国際的なリーディングモデルになるかもしれない日本の居酒屋の総合的多様性である。ぼくは新宿《しんじゆく》にある老舗《しにせ》居酒屋と三十年来のつきあいだから、家から近いこともあって今はもっぱらそこだが、モノカキになる直前まで銀座《ぎんざ》にあるチビ会社に通っていたので、銀座裏や新橋《しんばし》の居酒屋によく通っていた。

古い飲み屋はなにかひとつ特徴的な「うりもの」があるとわかりやすく、肴《さかな》をまとめることができる。

たとえば「おでん」とか「焼きとり」である。固定ファンがついているから何度も通って、すっと入ってすっと座れる曜日や時間帯を知っておくと楽で、ぼくがサラリーマンの頃はそのへんの呼吸がよくわかっていた。

それにしても、日本人はよく飲む。こんなに盛り場で老若男女がわあわあわあわあ飲んでいる国はあまりないだろう。

たいてい「こあがり」があって日本の居酒屋の雰囲気とよく似ているのが韓国で、最近はとくに若い人むけの派手な店が増えてきた。だから雰囲気は日本とほぼ同じだけれど、韓国は儒教の国。また徴兵制があって軍隊で規律をたたき込まれるので、酒を飲むマナーは日本よりいい。「長幼の序」が若者の精神の基本にあって、年配の人がいると酒を手で隠し、横を向いて飲む。かっこいい。そのへん日本の居酒屋は自由すぎるというか、まあ、つまりめちゃくちゃだ。

生ビール
チューハイ
さけ
おでん

駆け足、うまいもの大全

ぼくは粗製濫造作家と自分で言っているんだけれど、ものすごいイキオイで本を出してきた。現在二百三十冊を超えたらしい。もちろんオリジナルだけで文庫などは勘定にいれてない。文庫をいれると今年（二〇一五年）も七月から八月の二カ月だけで五冊も著書が出てしまった。今年出た本の中に『奇食珍食　糞便録《ふんべんろく》』（集英社）という新書がありますす。世界で食ったヘンなものと出したもの（これは別にヘンじゃないけれどヘンな便所のこと）ばかりだから正しい本誌（『女性のひろば』）の読者は読む必要はありません。ここではおいしいものだけ書いてますからね。

で、思ったのはその本で書けなかった世界のおいしいものを忘れないうちに書いておきたいということデス。心残りという奴です。

連載回数も進んでもうすでにそれらは絶賛ものとして書いているかもしれないけれど、それならアーカイブやで。

でそれらのナンバーワンはパタゴニアのセントーヤ。日本のタラバガニにそっくりだけれどミナミイバラガニといって別種類。ヤドカリが大型進化したやつで、頭を割るとカニミソ（ノーミソ）がまったくありません。バカなんですね。

でも長い脚に身がぎっしり詰まっていて安くて、食うのが簡単でうまい。マゼラン海峡を小舟でちょっと行って潜ると水深五～七メートルぐらいのところで手づかみでいくらでもとれる。これを舟の上にある海水を沸かしたドラムカンで茹でて（脚だけね）、塩か酢をちょっとかけてアチアチの状態で食う。これはうまくてうまくてもうどうにもとまりません。

ぼくが最初にマゼラン海峡に行ったのは一九七八年で、そのときは買うと一匹五百円くらいだった。ここには四～五年おきに行っていたけれど行くたびに形は小さくなり高くなっていた。資源枯渇は世界の辺境でも同じなんですね。

日本人はあまり羊と鹿を食べないけれど、肉で一番うまいのはこいつらだ。羊は日本以外の世界中でいろんな料理が食える。うまいのはやはりモンゴルで一頭を蒸し焼きにするシュースという料理。これも前に書いたような気がするけれど「うますぎる」ので何度書いてもいいような気がする。

日本人は羊偏見があるのと、国土的に歴史的にあまり積極的に羊を食わない非常に残念な国民性になってしまった。

羊肉というと反射的に「くさい」という日本のおばさんをたくさん見てきたが、肉の臭さといったら牛のほうが上。自然の草原の草を食って育った羊肉は臭いなんかしない。臭いのはむしろ「羊はくさい」と言っている厚化粧の日本のおばさんのほうですわ。

鹿肉はヨーロッパでは高級肉。レストランでも牛肉よりはるかに高く、うまい。カロリー少なくやわらかい。鹿肉にあうソース作りが上手ということもあるような気がする。日本にも北海道にいくとエゾ鹿が沢山いるけれど殆《ほとん》ど捨ててしまう。知識がないのでみすみすうまいものを食べない、という点では、鮭《さけ》のイクラをみんな捨ててしまうアラスカや、マグロやカツオの肉は赤みも中トロも大トロもみんな焼いたり煮たりしてしまう日本以外の多くの国と同じだからおたがいさまだ。

鴨《かも》料理は欧米ではポピュラーな大衆肉。これの脚の骨つき肉にかぶりつくとひたすらうなります。ローストもしくはタレをつけたのを焼いたやつがいいですな。

食べた人は北極圏の狩猟民族にかぎられるだろうけれど、イッカククジラの皮もうまい。これは奇食珍食部門ギリギリかもしれないが、四〜五メートルの小型クジラで頭の先に三メートル近い巨大な角を持ったマボロシのクジラといわれているやつです。

北極海までタンケンタイのようにして行って狩猟直後に先住民が海水で煮たものを食った。肉は全体が黒くてまずく犬の餌にしかならないが白と黒のまだらになった分厚い皮がうまい。やわらかい鮑《あわび》みたいな味で部位によってはやわらかいサザエみたいな味といっても文章ではちゃんと伝わらないだろうなあ。

高級レストランで出したら珍しさも魅力に加わって、一皿五キレぐらいで七千円はつけられますなあ。

北極圏ではカリブーの肉も絶品。これも現場にいかないと本当のうまさはわからないからちょっと北へ行き過ぎですな。少し赤道方向にもどります。

タイのカニカレーは誰が食っても顔つきがかわるくらいうまい。よくカニとエビはどっちがうまいか、などという遊びの論争があるけれど、ぼくの体験ではカニ肉のほうがどんな味つけにも対応できる汎用性があるような気がする。そのきわめつきがカレーで、タイの人はよくぞこの組み合わせを発見したものだと敬服する。

カニカレーはやはりタイ米にあう。皿の上のカレーまみれのカニ肉を時間をかけて丁寧にほぐし、全部の肉を搾取しおわったらゴハンにまぜて食う。ここで殆どの人は顔つきがかわるわけですな。カニカレーはバンコクにそればかり食わせる大きなビルがあり、そこが老舗。ここに入るとカニカレーだけ必死に食っている人しかいない。日本の広島のお好み焼きビルを思いだします。このカニカレーだけ食いにタイへの旅に行ったぼくの友人がいます。彼は日本から頑丈で大きなタッパーをいくつも持っていって、それにカニカレーだけ（殻つき）ぎっしり詰めて帰りの税関を通過しました。別に御禁制品の密輸じゃないからね。

麺好きのぼくが我を忘れるほど「うまい！」と思うのはラオスのフーだ。ラオスのレストランは、西洋料理もその他の国料理も模造味だけだからうまい店はどこもないが、国民食のフーだけはラオス以外で食べては真のうまさがわからない。ハルマキをシュレッダーにかけたようなビーフンを一分ほど茹で、いかにも伝統的な深い味のするスープたっぷりのウツワに入れてその上にパクチーをはじめとしたアジアンハーブがどっさりのっている。汗をたくさん噴き出しつつ連続三杯は軽くいけますな。

ヒツジ
カモ
シカ

男がひとり自宅で何を食うか

今回は男がひとり暮らしで作る料理について。

いまのようなコンビニ文化になってからはどうなっているかわからないが、むかしは圧倒的に「オジヤ」が多かったような気がしますな。

これは何人か家族がいる生活をしているときに可能で、残っているごはんと味噌汁《みそしる》が味方だ。まあツマがちゃんとした朝のおかずもいろいろ作ってあるのだが、それらを男の強い意志で無視するのだ。

「男一匹オヤジじゃなかとよ。オジヤじゃけんのう」

と、どのあたりのものだかわからないデタラメ方言オヤジギャグを言いながら、適量の味噌汁を小鍋にいれて熱くする。煮え立ってきたら適量のごはんを投入。ぐつぐついってきたら生タマゴを割りいれる。それから少しガスの火を弱めて鍋に蓋をする。

ここまでの流れ、我ながらほれぼれするようなスピード技。

出来上がったのをごはん茶碗《ちゃわん》なんかにはいれずラーメンドンブリにそっくりいれる。その時の気分によって七味トウガラシとかキザミ海苔を投入するが、あんまりコセコセいろんなものを加えないほうがいいみたいだ。そうしてすぐにワシワシ食う。いいんだなあ、この充実ワシワシ感。

ツマがいるときはこういう乱暴料理はできない。チャンスはテキ（ツマのことね）が旅に出ているときで、とくにごはんを炊いてある出発日の朝などだ。

今がそうなのだ。

彼女は今日からチベットの聖山カイラスにむかった。彼女のカイラス巡礼はもう十度目ぐらいになるはずだ。今回も一カ月はかかるだろう。

ぼくは三日後に親父集団二十人で二週間の無意味的釣りキャンプのために台湾の孤島にいく。どうやらそれを知って台風がいきなり発生。台湾めがけてどんどん進んでいるが、いつも漁船で沖に出るおれたちは台風との長いタタカイの歴史があるからまあ成り行きにまかせるしかない。

さっき午前十時に成田《なりた》空港からのツマの電話で起こされ「ごはんちゃんとたべるのヨ」というデンポウみたいなヒトコトに「ハッ、いま起きました。何時れすか？」と返答したばかりだ。

最近ぼくは加齢によるのかバカみたいに続けているトレーニングのしすぎなのか小食になってしまい、あまり「食うこと」に執着がなくなり、食べる量も減ってしまった。

その対策なのか最近になってツマが作ってくれる「オリジナル三色タタキ」とでもいうようなものが唯一ぼくを活気づかせる。あれはなんなのだろう。朝がたトントントントン激しく包丁で叩《たた》く音が聞こえる。いろいろコンブ系のものと茎野菜系のものが細かく刻まれトロロ芋のすりおろしと一緒に鉢に横たわっている。食べるときはそこに生タマゴを割りいれて醤油を少し。激しくかきまわしてすぐに食べる、というか殆どゆっくり飲んでいく。これおいしいし、なんだかやっぱり「ちから」になるみたいだ。

ぼくの出発までに二日ほど自分でなにか作らなければならない。そとに食べにいく、というテがあるが近頃はひとりでは飲み屋も食堂もいかなくなった。理由はわからない。ま、面倒くさいのだ。

この二日間自宅サバイバルのために、ツマに買っておいてもらったり作っておいてもらったものがあるから気分は落ちついている。

その日の夜はカキフライだ。もう冷たくなっているがなんのその。原稿仕事を終えて夕方からビールを飲むが、そのときは常備のいろんな小鉢の「サケの肴」関係。

夜のメーンディッシュは半田《はんだ》めんが登場する。徳島県で作られているソーメンとうどんの中間ぐらいの太さであり、『おなかがすいたハラペコだ。』の一巻目に書いた「運命のおとりよせ食材ベスト5」のハナシに補充する新おとりよせものだ。こいつがなかなか頼りになる。茹でるのは約六分。その一方でカキフライをレンジで熱くしておく。

半田めんは夏の場合、茹でたあと一回水でしめたほうがつやつやモチモチしゃっきりしていいのだが、ここでは湯を切ってドンブリにいれ、そこに熱くなったカキフライを数個いれる。それからおもむろにソースを蚊とり線香状態にぐるっとかけて全体をよくかきまわしまぜあわせる。

これで完成。

ん？　そんなものおいしいのか？　と多くの人は思うだろうが「やってみればわかる」。むかしぼくは『全日本食えばわかる図鑑』（集英社文庫）という本を書いたことがある。男の発作的創作料理はそれが料理なの？　と言われるとうつむくしかない簡単乱暴なものが多いのだが、常に大成功か大失敗のはざまにある。とにかく「やってみなはれ」なのだ。

もう一品はさして芸もないローストビーフだ。これの薄切りタイプのものを買っておいてもらう。パンもいわゆる食パン系の薄いやつ。で、どうするかというとパンはふつうにトーストですな。焼けたらその上にローストビーフを二重にのせてホースラディッシュを分散気味になすりつけもう一枚のトーストをのせる。

こう書くとややこしく聞こえるかもしれないがつまりはホットサンドだ。ホースラディッシュは北海道などではむかしその名のとおり「馬ワサビ」と言われたらしい。野生のものがたくさんとれるのだが、当時は何にどうつかっていいかわからなかったのでそのまま馬のこやしにしていたらしい。馬が今日のカイバはハーブ系だな、なんて言ったかどうかはわからない。

これを作っておくとテレビのナイターなどを見るときにビール飲みつつ簡単に食えるからいいのだ。ツマはそういうとき野菜サラダも必ず食べるのよ、と言うが「ヒンヒン」とあいまいにうなずいてやりすごしている。

うどんと饅頭の対決（台湾篇）

この秋、台湾の南、台東《たいとう》市というところでオヤジばかり二十五人で合宿していた。何人かの滞在入れ替えがあったが、十五人ほどは二週間ずっとだった。旅館や民宿では高いので空き家を一軒借りた。二週間単位の貸し出しというのはなく二カ月の契約。でも日本円にして六万円ぐらいだったから頭数で割ればまあ安い。管理人はおらず、まわりは野良ニワトリがいっぱい。

おれたちは三年前にも済州《さいしゆうとう》島で同じようなメンバーと同じように合宿していた。合宿して何をしているか、というと最終的には「釣り」なのである。そのときも管理人はおらず通訳もいなかった。

困ることがあった。電気炊飯器が備えてあるのだが、全部ハングルで書いてあり、誰もハングルを読めないのでどれをどうすればいいのかスイッチがよくわからないのだ。

水加減だけちゃんとやってあてずっぽうにスイッチをあちこち押していたら緑色の豆

ランプがついた。「やった。これでいいんだろう」とおれたちは喜んだ。でも本来はゴトゴトいったり蒸気をどこからか吹き出したりする筈《はず》だろうが、ずっとシンとしているのだ。蓋は固くしまっていて中を覗《のぞ》くことはできない。韓国式などというシステムで静かに炊けるのだろう、などと適当に解釈してみんなで海に出てしまった。

二時間ほどして帰ってきた。緑ランプはついているものの炊けた気配はない。しょうがないので近所の韓国人のおばさんのところに電気釜ごともっていって聞いたら、我々は「炊いたごはんを保温しておく」スイッチを最初から押して「よしよし、やった!」などと言っていたことが判明した。

つまりそのコメは都合二時間半ほど保温の微熱でじわじわあたためられていたのだ。しかも蓋をあかないようにするためのスイッチを入れてしまっていた。

あけてみると水気はなく、硬くひきしまったごはんというより硬質変化し地割れしたようなコメがへばりついていた。

この失敗があったので、台湾ではその空き家を借りるとき世話してくれたおばさんに操作をしっかり聞いた。でもハングルとちがって漢字の国だからおばさんに聞かなくてもなんとなくそれらしきスイッチの見当はついた。まあ普段あまり料理などやらないオヤジが二十人から二十五人ワサワサしていてもあまり生産的なことはできない、ということがよくわかった。

今回は我々がよく行く新宿の沖縄居酒屋の店長およびむかしイタリアンレストランで修業をしていた男が加わっていたので、厨房はなかなかのものだった。釣りの獲物はマグロとカツオが主だったが、刺し身に食い飽きるとそれをつかっておれたちにはよくわからないイタリア語の舌を嚙《か》みそうなしゃれた名前の料理をいろいろ作ってくれたから合宿の宴はシアワセだった。

朝飯は近くに「饅頭屋《まんとう》」があり、朝早くから蒸しているのでまわりにいい匂いがひろがっている。農家の人は早朝から野良仕事に出ているから帰りにここによっていく。勤め人は朝飯、もしくは弁当がわりに買っていくらしい。

店の隣に丈の低い疎林があってところどころにプラスチックの丸椅子とテーブルが置いてあるので、アチアチのをすぐ食べたい場合はそこで袋をひろげる。

「台湾式マクドナルドだ」とおれたちは言っていた。中には肉やキムチや竹の子漬けなどが入っている。大量に買ってまずはその野外で食べた。中国の饅頭よりもひとまわり小さいので食う奴は三つぐらいたちまち食べてしまう。

たいへんうまい。そして安い。大体台湾の物価は日本の三分の一以下だ。

これはいいところをみつけた、とそのあとよくここの饅頭が朝飯になった。

これは日本にそのまま持ってきても人気がでるような気がした。少なくともアメリカ資本のケチャップだらけのくどいファストフードよりうまいし体にもよさそうだった。

日本風のホカ弁屋もあって、これはおかずが殆ど豚か鶏《とり》のフライやカツにいろいろ付け合わせがあり、量が多い。好きな奴はワシワシ食っていたがぼくには油がきつかった。

ぼくはどこへ行っても「麺類命《いのち》」なので麺と看板にあると入っていったが、台湾のヤキソバは冗談のように油と味が濃くてごはんのおかずかなにかにしないとどうしようもない感じだった。

我々は海沿いの田舎町《いなかまち》で暮らしていたがときおり町に出る。房総《ぼうそう》半島の先端あたりにある町ぐらいのスケールだ。

商店街がいくつかあってファッション商品などもきれいにディスプレイされている。

食堂は中華料理系が多いが、その町で一番人気は「うどん屋」だと聞いた。

おお、ついに本命があらわれたか。しかも人気店で常に行列ができるのでどんどん拡張し、二百人ぐらい入れる巨大店になったという。メニューはうどんのみで「汁あり」「汁なし」から選ぶ。ドンブリが小さいのでみんなその両方を頼んだ。かつおぶしだしで、匂いからしてもうたまらない。

台湾はいいトコだ、などと喜びつつまず数本をひっぱりあげようとしたらうまくいかない。箸でつかんだところからたちまちぶつぶつ切れてしまうのだ。さぬきうどんのようなハリやコシがまったくない。つかんでもつかんでもドンブリからもちあげるコトができないあんたはいったいなんなのよ。つかんでもつかんでもあなたまだまだ切れますか。

このうどんは箸で食うことができないのかもしれない。そのうち誰かが戸棚にレンゲがあるのを見つけ、それでしゃくってなんとか口まで持ってくることができた。町のうどん屋はすべてそういう「箸でもちあげられないブチ切れうどん」なのであった。智恵《ちえ》子《こ》は東京には本当の空はないといったが、我々は台湾の南には本当のうどんはない、ということを発見したのだった。

台湾

おせち改革派の躍進なるか

今回はお正月の食べ物について考えたい。日本はお正月というと「おせち」ですな。子供の頃、家族がなんとなく普段よりもいずまいを正している。姉なんか誰に見せるわけでもないのに薄化粧なんかして、家族全員大きなテーブルを囲み、そこにおせち様の「おなああありィー」なんて感じで三段重ねになった重箱が運ばれてくると、「ついにお正月がはじまったなあ」といくらか神妙に背筋を伸ばしつつシアワセな気持ちになった。

でもそれはぼくがまだ小学生で、家族が大勢いた頃の話で、やがて兄や姉らは生家をはなれ仕事先の近くで一人暮らしに入ったり、遠い地に嫁いでいったりして頭数はどんどん減っていった。

やがてぼくも家を出て結婚し、子供ができ、義母をいれて五人家族の独自ユニットを作った。

その頃はお正月になると妻は殆どのおせち料理を自分で作っていたが、子供らが大きくなってそれぞれ外国に留学してしまい、義母も亡くなると、お正月の卓上はツマとオット（ぼくのことですがね）の二人だけになり、めっきり寂しくなった。

そうなるともうテーブルに二人しかいないのに何もちゃんとした「おせち」を作って並べなくてもいいんじゃないか、という意見が両者で自然に出てきた。とくにぼくは実のところ「おせち」料理は三割ぐらいしか好きではない。ツマは作ったものだからまんべんなく食べたが、多少「義務食い」のところもあり、本当のところは「ナマス」だけあればいいのよ、と後に告白した。

ぼくは「こぶじめ」が好きだったので、じゃあそういうのだけ作って互いにそれだけ食っていればいいんじゃないか、と提案した。

とかく原則的なツマは、それじゃあいくらなんでも、などと最初はやや難色を示していたが、ぼくは現実派だった。

「本格的な『おせち』を作ってもいつも食べきれず、しばらくすると春の残雪みたいに重箱のあちこちの壁ぎわにいろんなものが残っているよ」

と最近のフーフ二人だけの新年食卓の現実を思いおこさせた。

ここで話はいきなりちょっと変わるけれど、ぼくは「うどんすき」というものが好きである。これは主に関西に多いようですな。

あの「うどんすき」の中身をよく見ていくと、芋や煮しめ、鶏肉、コンニャクなどの煮物、ぎんなん、はまぐり、伊達《だて》巻《ま》き、カマボコ、そして「うどん」ということになる。どことなく「おせち」を構成する食べ物の含有率が高いような気がする。

これはもしかするとお正月のおせちのあまったものを始末するために生まれた、一種の「残りもの消化鍋」という側面もあるのではないのか、とぼくはさらにするどく分析したのだった。うどんすきの「由来」に「側面」なんてコトバを持ち出すところがいかにも重々しいでしょう。

ぼくはその歴史はともかくとして「うどんすき」は無条件にたいへん好きである。まあ麺類ならソバ、ラーメン、うどん、ソーメン、ビーフン、スパゲティ、長めのマカロニ、糸コンニャク、ハルサメ、エノキダケ、キリボシダイコンにいたるまで長けりゃ何でも好きで好きで、というこっち側の偏愛的側面はありますがね。

だからツマを説得したのだった。

それぞれ主義も主張もポリシーもそして重要なイデオロギーもバラバラのものを集めてひとつのハコに無理やり詰めるおせち料理、なんぞという偽善的なものはもう放棄して最初から「うどんすき」を作ったらどうだろう。みんな「おつゆ」という共通のベースに浸ってあまり窮屈にならず民主的に存在する「うどんすき共和国」というものの重要性を鋭く述べたのである。

元日の朝にいきなり「うどんすき」だけですか。ツマの意見にリベラル精神あふれるぼくは次なる提案をした。

ぼくの友人に八丈島《はちじょうじま》の腕っこき漁師がいて、冬の時期に頼めば大きな「伊勢海老《いせえび》」を何匹も送ってくれる。自宅につく頃もまだキイキイいっている。ぼくはこの伊勢海老まるごと食いが大好きである。

ツマに人生で一番好きなものを聞く。ツマはツマらない人で絶対圧倒的に好きで好きでならないモノ、というのがあまりない。強いていえばその頃現れてくる「しぶがき」を焼酎につけてシブヌキしたものが好きである。

「そうかわかった。今度のお正月は試行錯誤という段階的かつ民主的な経緯を尊重し、まずとにかく『うどんすき』を作ってテーブルの真ん中におこう。

しかる後に互いに好きなものを前にしてそれぞれがそれをしばらくむさぼり食う。落ちついて楽しく好きなものを食う、ということも正月の基本理念であり、異論はないものと思う。どうでしょうか？」

なんだかわからないけれど何時《いつ》になく会話の口調を硬くし、懸案事項は一応の可決を得たのだった。さあ次のお正月は、片や焼き伊勢海老をひたすらバリバリ。「うどんすき」を挟んだむかいがわでは「シブヌキ柿」をもしゃもしゃ、という革命的な構図がみられる予定なのである。

春山雪洞カンズリ鍋

さあ雪の季節。今回はみなさんが一度はやってみたいと思っているだろう雪洞の中の鍋料理という特別献立を用意しました。

といっても東京や大阪などの都会のお店ではなかなか「雪洞鍋」などというメニューはありませんね。そういうのを用意しているお店そのものがないですからな。北国の「かまくら」ではなまぬるい。

本格的なのを食べるには雪山に登らなければならない。装備も完全な冬山支度。テント泊を基本にしているから背中の荷物も重いです。でもって天候の変化や地形や時間などによってテントを設営していられないときに雪洞を掘る。

若い頃、ぼくは主に冬山登山に凝っていたので無理やりそういう「雪のおうち」を作らねばならなかった。だから決してこれは楽しい話ではないのです。雪の山で突然の悪天候に見まわれ、ちゃんとした冬山用のテントを張っている時間も余裕もないときはツエルトというものを急ぎ張ります。これは簡単にいうと一枚の大きな防水布。下に防水性のグランドシート。木立の中などが具合がいい。防水布の周囲についている紐《ひも》を木立のできるだけ低いところの枝や根にくくりつけ、寝袋にくるまってその中で一夜をすごします。シュラフカバーという防水処理されたものがあり、それで寝袋をくるんでおくとあまり濡《ぬ》れずにすむ。でもツェルトの下の四方八方の隙間から凍風《いてかぜ》が一晩中吹き込んでくるのでこれは基本的にモーレツに寒い。体を丸めるだけが精一杯だからまどろむ程度です。緊急ビバーク用のものなので、これはあまり、というかぜんぜん楽しくない。

雪洞はもっと余裕のあるときに作るからうまく完成すると楽しい夜になる。北海道の春先の山で男四人、わが人生でもっとも楽しくゴーカな一夜の雪の「おうち」を作ったことがあります。今回はその話。

崖の下などに雪の吹き溜《だ》まりがある。そういうところがいい立地です。「東南角地絶景トイレ完備」。トイレはまあ雪の下、水道は溶かした雪、というわけですが。

春の雪は重いから掘るのにけっこう手間と労力がいります。その日我々はふたてにわかれてトンネルを掘っていった。入り口の直径は大体一メートルの円形。まずまっすぐ水平に二メートルほど掘り進み、そこから横に向きを変える。上からみると巨大な雪だまりの中に「コ」の字を描くような設定です。

しかし人間の感覚・目分量というのはあてにならないもので、たった二メートルほど雪壁の中を掘るのでも向きや高さや進行の角度が微妙にちがっていて、途中からヨコに掘っていった二つの回廊がなかなか出会わない。近づいていくと掘っている音や声がきこえるくらいになるのだけれど、どうもなかなかドッキングできない。なんとか苦労してやっと両者で手を差し出せるくらい小さな穴があき「おお！　同志よ！」といって握手したときは互いに一メートルぐらい上下左右にズレたところを掘り進んでいましたなあ。しかしいったん「開通」するとその両方の高低差をただすために奥のスペースはどんどんひろがっていって、結果的に洞穴の奥の間はなかなかゴーカな広いホールになっていくのだった。

雪の床を平らにし、真ん中に雪を固く積んで食卓のような台を作る。雪の壁のそこらに適当な窪《くぼ》み棚《だな》をいくつか掘ってローソクたてとか雪に埋もれてなくならないように大事なものをいれたりする。これけっこう楽しいのです。

雪洞の中の一本のローソク、ひとつの石油ランプが「びっくりする」くらい明るい。これは反射が反射をくりかえすからなのですね。感動ものです。さらに雪洞の中は絶えず小さな雪ホコリみたいなのが踊っているからこれもキラキラ反射して美しいのですよ。

しかし住人は忙しい。食い物を作らねばならないからだ。それまでの激しい労働が全員をせかせている。

作るものはきめていました。その頃我々は常に背中に直径四十センチぐらいの大きな深鍋をしょっていて、基本的にそれでいつも「ごった煮」を作る。凍った各種の肉。腸詰め類、根菜、凍ったうどん、その他なんでもいい。煮干しやチーズなんかもいれる。最後に味噌か醬油。味つけはどっちでもいいのだ。あとはラジュウス（ガソリンストーブ）でぐつぐつ煮ていく。水が少なくなるとまわりの壁をけずって鍋に入れるとすぐに増量する。味が薄くなると調味料をドバドバ。この「おうち」のリビングはいったんこしらえてしまうとあまり動かなくてもいいのです。

楽しいのは鍋がぐずぐずいって全体が煮えたぎってくると湯気が全部雪洞内の空中で濃厚な霧のようになり、雪焼けした仲間の髭面《ひげづら》をそれぞれ見なくてもすむことだ。酔いが少ないわりに重くて量だけ多い効率の悪いビールなどは持ってこない。ウイスキーか焼酎にかぎる。

鍋をかこんで吞《の》んで食う。これ本当にたのしい。耳をすますと夕方から荒れだしてきた春の嵐の突風が雪洞のむこうを走っていく。

「うひひひひ」

みんなで思わず笑い声が出てしまいますね。

雪のおうちで作ったものは原則、全部あますところなくたいらげる。それは我々の法律です。鍋の中の具を全部たいらげるとその煮汁にアルファ米を投入する。これは乾燥しているがひとたび鍋の中に入れると感覚的にだけれど十倍ぐらいになる。鍋の汁で十分うまい味がつくが、新潟出身の「料理担当者」が、それがやりたいがために面倒な料理長を志願したとしか思えない「カンズリ」をやはり「うひひひひ」と笑って大量投入する。とうがらしを原料にした「アヒアヒ死に辛」魔法の粉です。

彼が偉いのは一度の山行に「おが屑《くず》」でしっかりおさえた生タマゴを十個は持ってくることです。カンズリとこの生タマゴの割りいれで、どちらかといえばコクのないアルファ米が俄然《がぜん》「わしもコメなんだよお！」と叫びだす。これらを厳粛に等分にわけて、仕上げにずるずるハフハフそれを全部食っていく頃には、山の春の嵐の音もここちよい眠気にかわりつつあるのです。

ゲンゲ科のナンダ

冬になるとおいしい高級魚としてときおり食卓にあらわれるものに「ナメタガレイ」がありますね。

この名をはじめて聞いたヒトは語感から「舐《な》めたカレー」などと解釈し、カレーライスを舐めてどうすんだ？　こっちへきてわけを説明しなさい、などと怒ったりします。舐めるなんてヘンな味見だな、とかそれよりスプーンですくってごはんと一緒に味をみたほうがいいですよ。などと言いにくるヒトもいます。誰がどこに言いにくるのか、という問題はややこしくなるのでいまはあまり考えないようにしましょうね。

ナメタガレイを魚類図鑑で調べると、北日本では「滑多鰈」と書いてなかなかきれいな文字のならぶ名前です。ところがある図鑑では「外見が薄汚れていて皮がぶよぶよしているところが年老いた肥った老婆に見えるため」などとひどいことが書いてあります。

そのナメタガレイは切り身になっていると、白身の肉は上品で、タマゴは控えめに赤く、鯛《たい》などよりも変化に満ちておいしい、というヒトがたくさんいます。

でもこれの標準和名は「ババガレイ」というんだそうです。漢字で書くと「婆々鰈」となるのでしょうか。そこまで魚類図鑑には書いてなかったですな。

なんでこんなに美しい白肌のわたしが「婆々」などと呼ばれるのか心外です。などとナメタガレイがいじけて文句を言いにきたりします。

水揚げされたばかりのナメタガレイは、体の表面に粘膜が多くヌルヌルしているからだ、と別の本には書いてありました。

「するとじゃあ何かい？　うちの婆《ばば》ぁの体の表面はヌルヌルしているのかい、五十年ぐらい前はむしろモチモチしていた記憶もあるんじゃがのオ。あや！　あのモチモチはうちの婆ぁじゃなかったかのオ」

などという爺《じじ》ぃも出てきて話はこんがらがり、実はなにかと面倒なサカナなんですね。

この表面ヌルヌルで思いだしたのが西日本の日本海側あたりで食されるゲンゲ科のお魚さんたちです。

いちばんすごいのがタナカゲンゲ。これは和名なので漢字で書くと田中玄華。なんだかむかしの忍者の首領みたいですな。

一メートル前後にもなる巨大魚でもう全身ヌルヌル。しかも魚のくせに顔はシワシワのキツネに似ていて体はタラみたいなので福井県ではキツネダラと呼ばれていたりする。山形ではナンダラとかババノロ。島根県ではババとかババア。やはりババ系が多いです。

ぼくは富山の居酒屋でこのゲンゲ科の小さい種類で「ナンダ」というのを食べたことがあります。ゲンゲ科のナンダです。

その居酒屋のお品書きにあったので聞いたら、ここらでしか食べられないものだよ、と店の親父が言うのです。

「うまいんですか」

「まずいね」

店の親父はすぐに言った。ひどい店があるもんですが、コレ本当の話ですからね。たぶんヘソ曲がり親父だったんですね。

「刺し身もダメだし、焼いてもダメ。煮てもダメだね。フライは向いていないし唐揚げもクセがあってダメだね。干物にしてもヒトによって好き嫌いがあるからなあ」

そんなサカナお品書きに出すな、と言いたかったけれどぼくもまだ若く意地っ張りだったので、どんな料理方法でもいいからソレを出してください。こっちも東京からこんなトコまで来たんだし、と挑戦的に言った。

しばらくして出てきたのはツミレにしたやつで、先入観があるのか「うまい」とも思わなかったけれど親父の言うほど「まずい」とも思わなかったなあ。

二度目に食べたのは鳥取県でしたね。

「ゲンゲ科の魚でババアというんですよ。食べてみるかい。ここらでは今の時期しか食えないんだからね」

と店の親父は言った。

このときはまだ丸々そのままになっている、というので厨房で見せてもらった。大きな魚で七十センチぐらいあったのであれがタナカゲンゲだったのだろう。顔はなるほどサカナのくせにしわくちゃで「ババア」という名がうなずける。

「むかしはこのあたりに『ジジイ』というのもいたんだけど、人間でも魚でもババアのほうが強いのでジジイはしだいに滅びていまはいないんだよねえ」

たぶんこれはその親父のつくり話だと思います。

三度目にゲンゲ科の魚にあったのは京都府丹後町《たんごちょう》（現・京丹後市）の間人《たいざ》という小さな港町でした。ここではダラと呼んでいました。面白いことにダラはここでは人気高級魚で、夕方市場に出てもその日のうちに売り切れてしまうそうです。

汁の具にして食べるそうでそれを「ダラジル」とよぶのです。でも隣町ではブラと呼ぶので、同じような吸い物料理にすると「ブラジル」ということになるのです。これ本当のことですからね。

この町で入った居酒屋に漁協長がきました。「なんだか東京から来た人がゲンゲ科の魚をさがしている」という話をきいてやってきた、というのです。非常に面倒みのいいヒトで、自分の奥さんに電話してダラジルを作らせ、おたくにごちそうする、と言うのです。そうして三十分ぐらいすると本当にお椀《わん》に入ったダラジルが出てきました。こぶりのイワシぐらいの大きさのをふたつに切ってあったのでこれこそゲンゲ科のナンダのようでした。漁協長のすすめにしたがっていただきました。

「これはねえ、魚の表面にまんべんなくゼラチン質の粘膜があって、それをススルとたちまちすっかりはがれてそれがうまいんです。なんだか鼻汁をススルような感じでね」

漁協長は本当にズルズル音をたててそれをススリ、ぼくも同じようにズルズルすすったというわけなのであります。これらの話、すべて本当のことですからね。

体内にも友達がいるけれど

今回は読む人にあらかじめ忠告しておきます。このコラムのタイトルは「おなかがすいたハラペコだ。」というものですが、そう言っているのは必ずしもあなた本人、わたし本人だけではない、というところからハナシははじまります。何を言ってんだかわからない、というヒトが当然いるでしょうが、いや、なに、すぐにわかります。ひははは。

たとえば「おなかがすいた」のはあなたですが、おなかがすいた、と言っているのは時としてあなたの「おなか」だけではなく、もしかするとそこに住んでいるあなたとは別のモノがそう言っている可能性があるのです。

俗に「はらのむし」という言葉がありますね。「今日あのヒトはハラのムシの居所が悪い」などと言ったりします。多くは「たとえ」で言っていますが、本当に「ハラにムシ」がいてそいつのいる場所が悪いと何かおきてきたりするのです。

みなさんはピロリ菌って知ってますね。この二十年ぐらい前から急に騒がれてきた細菌です。汚染された水から感染することが多いのですが日本人には男女問わず五〇パーセントぐらいいる、と言われています。二人に一人、というわけですよ。おお！

ぼくもそう言われました。ほうっておくとこいつらは陰険なやつで胃潰瘍や胃ガンの九〇パーセントぐらいの原因になると言われています。こんちくしょう、と思ったので今年の元旦から駆除態勢にはいりました。ペニシリン系の強い抗生物質を七日間飲む、という治療です。条件があってその前後を含めて十日間はアルコールを一切飲んではならないのです。三十年間ぐらいビールをはじめいろんなサケを毎日飲んできたバカ者にはつらい十日間です。あまりヒトに会わない元旦からの十日間に実行しました。

いやはや意志の弱いぼくのような者にとって急に断酒するのは苦しいです。おなかのムシがビールを呼んでいるのです。

「ねえ、ちょっとぐらいいいじゃないの」

「だいじょうぶよお。ホラぐいとやって」

ピロリがそう誘惑します。ぼくの胃にいるピロリは女だったんですね。ピロリちゃん。

しかしこいつのちょっとかわいらしいイメージの名前に騙《だま》されてはいけません。電子顕微鏡写真をみるとナマコの頭と尻に三～四本の長い鞭毛《べんもう》をつけていてそれでちょこちょこ胃壁のヒダヒダに見え隠れしているいやらしいやつで、本名は「ヘリコバクターピロリ」といいます。ヘリコというのはラテン語で「らせん」のこと。

ぼくは鉄の意志でこいつの誘惑をはねのけて十日間をタタカイました。

掃討できたかどうかの結果は四カ月ぐらいまたなければならないのですが、九〇パーセントぐらいの駆除率というからまあなんとか退治できたんでしょう。

ところでそれからというもの「ごはん」がたいへんおいしくなりました。もともと体が大きいわりには小食で、最近とくに少ない傾向になっていたのですが、それが少し変わってきた。「ごはんもおいし、おかずもおいし」と言ってニコニコしています。ぼくのはらのむしの「ピロリめ」はこれまで相当にうまいところを搾取していたようなんですね。

ま、しかしめでたしめでたし。

しかしみなさん。人間の体には細菌レベルでいうともの凄《すご》い数のいろんな種類のものが住み着いているのです。家賃も払わずみんな搾取のみです。

たとえばみなさんの顔の表面にも、何千万という数の生きた細菌が住み着いているのを知っていますか。顔をいつもよりごしごし三倍ぐらい強く洗ったりしても、毛穴の奥に潜んでいるからそれらを強制退去させることはできません。

また顔の表面にいるそういう細菌は顔の皮膚や汗腺、毛穴から出てくる脂肪などを食べていますから、なにかの薬品でこれらを全部なくしてしまうと、顔の表面は内側からたえず染みだしてくる脂によっていつもヌラヌラ状態になってしまいます。脂で赤黒く光っている顔です。

顔に住み着いている細菌は実は美しい肌を守っているいいヤツ（細菌）なのです。

細菌から単細胞生物になるとガタイも大きくなるし分裂して増えますから、単細胞生物の種類やそいつが体内でやっていることによって随分人間のほうの対応姿勢も変わってきます。多細胞生物も人間の体の中に住み着くことが稀にあります。

これからあとで語ることは、ヒトによって読まないほうがいい場合もありますから注意が必要です。しかし胃のピロリ菌から話ははじまったのですから最後はキッパリこれで締めていきたい、という書き手の希望があります。体の中で「おなかがすいたハラペコだ。」と一番さわいでいる奴のことをやっぱりすべて知っておいたほうがいいからですよ。

裂頭条虫《れっとうじょうちゅう》科の扁形《へんけい》動物。文字を見るだけでなにかいやな予感がしますな。うひひひ。

通称「サナダムシ」です。

このムシを研究している医学者の研究室に行ってかなりくわしく取材してきました。その医師は研究を深めるためにサナダムシの幼虫を飲んで自分の体にサナダムシを育て、いろいろ実験しました。

こいつはもの凄く大食らいで、まず腸にいくと腸壁にコイル状にへばりつき鉤爪《かぎづめ》をくいこませて流されないようにします。そうして胃から流れてくる食い物を体全体にしみ込ませるようにして吸収します。口からカミカミなんてしてらんないのです。そうして一日に二十センチ成長します。たちまち六メートルぐらいになり、二年間生きます。先生の研究室には最初の実験サナダムシ「キヨミちゃん」が広口瓶にその全身を見せてくれます。ピロリ菌よりもはるかに大食らいで、サナダさんがいると肥満などにならず、しかしとどまるところを知らない大食らいになるのだそうです。

まぜごはんのおにぎり

まぜごはんは楽しいね。

子供の頃、まぜごはんというとなぜか母の割烹着姿《かっぽうぎ》がくみあわさって楽しい記憶になっている。まぜごはんにも等級があって、ぼくの気持ちのなかではグリーンピースのまぜごはん、といったら「王室のまぜごはん」というイメージだった。イギリス王室はたぶんマメのまぜごはんは食べないと思うけれどイメージというのは自由で強固だ。

グリーンピースのグリーンから思うのだが、お赤飯は赤豆のまぜごはんではないのだろうか。こちらはモチゴメだし、重箱なんかにはいっちゃってやはりそうとうにエラそうに見える。緑豆対赤豆。しかもお赤飯はゴマシオの加勢がついている。

春の朝掘りタケノコのまぜごはんの地位もそこそこ高いような気がする。これも子供の頃、季節になると近所の人が掘りたてのタケノコを持ってきてくれた。この時期のタケノコはふとっちょで背は低い。もらうと母はすぐに皮をむいた。邪魔だか手伝いになったのかわからないけれどぼくもそれを手伝った。

タケノコはもらったらすぐ皮をむいてすぐに茹でてしまうのがおいしく食べるコツなのよ、とその頃母は言っていた。

掘りたてのタケノコの皮むきは、皮がやわらかいからむくのも気持ちがいい。皮をすっかりはぐと大鍋に糠《ぬか》と一緒にいれて茹でた。糠をいれるのはタケノコの「えぐみ」をとるから、と母は説明してくれたが「えぐみ」がなんだかわからなかった。でもそこまでのスピードがとにかく速かった。

煮えてくるとやがて「これぞ新鮮！　春の匂い」というのが台所に充満してくる。あたらしい季節の匂いっていいなあ、と思ったものだ。タケノコの薄い皮を一枚もらってその中に梅干しをまるまる一ケいれて飴《あめ》みたいにしてジワジワなめた。コンビニはなかったし唯一の自家製お菓子。あれうまかったんだ。その頃の子供らはみんなやっていた。堂々たる健康食品です。

タケノコごはんにはうっすら醤油の味がついているのがさらにしあわせ感をました。お弁当になってもおにぎりになっても最後までいい奴だった。

少年の頃、海べりに住んでいたので海の季節もので「あさりのまぜごはん」というのもよく作ってくれた。これも薄い醤油味のことがおおかったが、全体が素直に「海ごはん」になっていた。

「タコのまぜごはん」もときどき作ってくれた。小さなタコがおおかった。あれはあまりにもちいさくてごはんにまぜ込むしか活躍の道はなかったのかもしれない。

ときどきヒジキとアブラアゲとあとなにか細切りニンジンみたいなのが入った煮物のまぜごはんでおにぎりを作ってくれた。見てくれ悪くいかにも貧しい「かおつき」をしていた。

まぜごはんのおにぎりの顔つきはどこを見ればいいのだ、と言われると困るが、グリーンピースのおにぎりとならべるとその身分の差は明瞭だ。

しかしおにぎり界においては身分によっておいしさに差がある、ということはない。これは作られたときのタイミングと食べるときの状況、という外的要素がそうとう大きく関係しているからのような気がする。

由緒あるところで部屋の壁に名人の筆による、よく読めない文字となんだかわからない毛筆画の屏風《びょうぶ》があるようなところで食べるグリーンピースのおにぎりと、田舎の駅のホームのベンチで三十分待ちのときに山風に吹かれて食べる「ひじきのおにぎり」はどっちがうまいか、というような問題になる。

割烹着の母はときどき肉まぜごはんのおにぎりというのを作ってくれた。豚肉かなにかを細かく刻んで煮汁ごとごはんにまぜておにぎりにしてくれた。今これの作り方を思うと案外簡単な手ぬきおにぎりではないか、と思うのだが、作る気にならないのは案外難しそうなのだ。

後年、これによく似たのを発見した。沖縄でもっともポピュラーなおにぎり「ジュウシー」だ。

これも肉おにぎりといっていいが、脂が入っていて味がいかにも沖縄的だ。でもこれを二〜三個買っていけば小舟でどこか無人島に半日釣りに出るなんてときの安心感と、ひるめし時の楽しみといったらなかった。

この肉おにぎりをもっと簡単にしたのはかつおぶし醤油おにぎりで、かつおぶしの醤油まぶしでごはんに味つけし（濃い味にしない）まわりを焼き海苔でぎっしりまいていったらなおよし。もっとも簡単なおにぎりですね。

いまコンビニで海苔のおにぎりというと、腐敗を鈍らせるためだろう、ごはんと焼き海苔が一枚のセロファンでへだてられている。なるほどなあ、と思うものの、海苔むすびの本当においしいのはごはんと海苔がぴったりくっついて融合し、摑《つか》むと海苔のカケラが指にまでくっついてくるような「ひとなつっこい」タイドのおにぎりがしみじみおいしいんだよね。やはりおかあさんの作るものが一番なんだなあ。

最近月に一回は仲間たちと釣りキャンプにいく。船で沖にいくときは弁当が必要だ。あるときカラシメンタイコをたくさん貰《もら》った。これでおにぎりを作るとたいてい梅干しおにぎりのようにメンタイコを真ん中にいれてしまうが、それでは真ん中の味に到達するまで距離がありすぎてごはん全体に不平等だ、ということになった。

メンタイコをよく焼いてツブツブにしてそれをほぐし、まぜごはんにしておにぎりにしたらどうか、という提案になった。コレ作っているときは実にうまそうで大発見、大発明！　とコーフンしたが、食べるときにごはんがバラバラ剝がれて食いにくいのなんの。メンタイコの量が多すぎたか、ごはんが慣れないものを混ぜられたのに反発し、共闘することを拒否したかのどちらかだ。真の理由はいまだにわからない。

今こそ梅干しソーメンの実力を見よ

さあ、時代はいよいよソーメンです。

いや、ちょっと言い方間違えたかな。

恰好《かっこう》つけないで「さあ、ソーメンの季節」がやってきました。で、よかったのである。

ソーメンにはいくつかの不変の法則がある。前の方で書いたハナシをまたむしかえすが、このことは何度でも声高に言わないといけないのであるから、まあ黙ってもう一回復習していただきたい。その①は、店で出すソーメンはまずい。という本質的にどうしようもない現実問題で、その内容を分析すると、まずタレが世間的に重要視されておらず味のよしあしがはっきりしていない、という壊滅的な問題がある。そしてこれが日本の麺類界でソーメンが絶対に主役になれない基本問題にもなっているのである。

その②は店によって量がまちまちであり、おしなべて「少ない！」という普遍的貧相問題である。

さらに最大の問題その③は、かなりの店のソーメンがてっぺんに缶詰のミカンのヒトカケラをのせていることである。

近頃、缶詰のミカンなんてとんと見なくなった。店のソーメンを頼んでその上にのっているミカンを見て「おお、キミはまだ世の中にいたのか」と懐かしがるが、でも本来はソーメンにシロップ漬けのミカンは味の組成が違うからこれはどう考えても邪魔なだけの存在なのである。

季節と店の考えによるのかミカンじゃなくてサクランボを一ケのせていることもある。ミカンにしてもサクランボにしても、そのココロは白いだけのソーメンに彩りを添えてみました、ということなんだろうけれど、どちらにしても一ケというところがなさけない。かといって「エーイ！」などと叫び、三十個ぐらいドサッとのせられても困る。

結局、結論的にはあんなものいらないのでありますね。あんなものをのせているあいだにもっと本質的なおいしいタレの研究をしてもらいたい。

けれど、多くの店はそのへんが非常にオロソカで、ひどいところはそこらのコンビニなんかで売っている「ソーメンのタレ」なんていう甘くてケミカルっぽいのをそのまま使っていたりする。

店側に「やる気」がまるでないのだ。

ソーメンなんて「ついで」なのである。

夏になるとソーメン好きの客もやってくるからその緊急事態に対応しているだけであり、店の意地もポリシーも何もないのが「日本ソーメン界」の暗い闇の部分なのである。

それを証明する事例のひとつに「ソーメン専門店」というのを見たことがありますか。

この道一筋、創業明治三年、支店三十五店、などという老舗ソーメン屋を見たことがありますか。

ラーメンは勿論《もちろん》、うどん屋もソバ屋も日本中に専門店というものがある。そういう事実を考えると我々にとってソーメンとはいったい何なのだろう？　という本質的な疑問がムラムラとふくれあがってくるのである。

ぼくはソーメンが大好きなのでかなり以前から対策をたて、それを実践している。

実践と言っても作っているのはわが妻なのであるが、夏が近づいてきて、彼女が二～三泊のなにかの旅に出る前には必ず「ソーメンのタレ」を作っておいてもらう。

まずコンブとカツオブシと椎茸のダシで煮立てたらそれらを取り出し、少々の薄味の醬油をいれる。そいつを一リットルぐらい入るフリーザーバッグにいれてしばらくおいてから冷蔵庫の隅にそっとおさめる。

こいつがあれば、ぼくは体も精神も安定する。「いざとなればうまいうまいソーメンを自分で作って食えるのだ」という盤石にして素朴な安心感にむせび泣くのである。

ソーメンのみならず、我が家の麵類貯蔵はバラエティーに富んでいる。

乾麵系はひととおりあるが、夏の季節を前にするとソーメンも各地のものを買い揃《そろ》えておく。みんな同じように見えるソーメンも産地によって茹で方（主に時間）や風味や味も微妙にちがっている。ソーメンよりもやや太い「半田めん」というのもぼくは好きで常に箱買いしておく。これの応用範囲は広く、とても便利だが、書くスペースが足りないのでその話はまたいつか。

ソーメンはモノによって茹で方によってだいぶ出来上がりが違い、ちゃんとそれぞれに記されている「茹で時間」を守ったほうがいいようだ。茹でるお湯も大量がよく、茹であがったのを冷やす水も大量がいい。

すばやく水を切って素早く食べる。ソーメンは基本的に忙しい奴なのだ。

薬味もきちんとこだわりたい。

まずネギが必要ですな。それからタンザクにした海苔も欠かせない。

ツマがいるときはニンジンやしいたけなどを細切りにして薄い醤油味で煮たものや、卵を薄焼きにしてタンザクに切ったものや、アブラアゲをタンザクに切ったタンザク一味を作ってくれる。それらも入れると栄養の幅やボリュウムがぐっと増す。

ソーメンは普通ザルにいれてそこから自分で個々の椀にとりわけて食べることが多いが、ぼくは一人のときはまずドンブリにドバッと大量のタレと薬味をいれてしまう。このときの期待感といったらないですなあ。

そして味の決め手は最後に出てきました「梅干し」なのである。それもよく漬かった甘酸っぱく味の深いやつ。

言っておくが梅干しにはカネを惜しまないんだわし！　たとえ一ケ二百円だとしてもおいしかったらビクともしない。タレのなかの梅干しを箸で丁寧につぶす。この梅干しのエキスがタレ全体にいきわたったとき、ソーメンも「あ、しあわせだわあ」などと言っているのがわかる。もはや甘味ミカンなど宇宙の彼方にトンでいくしかないのだ。

欲情的ホタルイカ

前になにかのついでで書いたかもしれないが、ぼくの趣味のひとつにキャンプ旅というものがあって、中学生ぐらいのときからやっている。やがてそれは山旅、海旅に発展し、無人島なんかでも当然チカラを発揮する。

何人で合計何泊するか、ということでいろいろかわってくるが、食料はコメと最低限の調味料と保存食。塩、味噌、醬油、そして缶詰とかフリカケなどだ。

若い頃は、コメさえしっかり炊けていれば「のりたま」と「かつおぶしとショウユ」だけでドンブリ二杯は食えた。

そのキャンプ癖がいまだに続いていて、現在はその状況を週刊誌に書くというふうに半分仕事化しているが、「わしらは怪しい雑魚《ざこ》釣り隊」というオヤジ限定の三十人ほどのチームを組織してこの二十年ほど外国を含めてあちこちのキャンプ旅にでている。目的のメーンは隊の名前にもあるように「魚」を釣って（タコやイカも入るが）自給自足が原則だ。

言うまでもなく日本はサカナ大国で、関東地方だけでもかなりいろんな魚が釣れる。シケなど条件が悪くて船がだせないときは磯や堤防から竿《さお》をだす。ベラとかクサフグとかゴンズイとかキタマクラなんていうのが日本の代表的な雑魚だ。クサフグやキタマクラは食うと死ぬ。キタマクラ＝北枕。意味わかりますね。

そういう餌とり名人の雑魚のあいだをよけて小アジとか小サバなどを狙う。十〜十五センチぐらいの幼児サイズだが、そのままカラアゲにするともうそれで文句ありません状態になる。

釣り船がだせればカツオだタイだカンパチだという大物を狙うが、自慢話になるのでいまはやめておこう（書きたいなあ）。

必ずしも「釣らなくても」いい場合もある。網で掬《すく》うのだ。オタマジャクシじゃないですよ。

六月のはじめに二十五人で富山県に行ってきた。神通川《じんずうがわ》の近くの広大な海岸に自分らのテント村をつくり、真夜中に獲物がやってくるのをじっと潜んで待っている。獲物といっても若い娘じゃないですよ。産卵にやってくるからどちらかというとヒトヅマタイプ。既婚者だ。しかも大勢、じゃなかった大量。

ホタルイカというその名のとおり海のなかでキラキラ光る、美しくも儚《はかな》いその必死さに思わず涙ぐむしかない。

ホタルイカの母は岸近くになると沢山の子を産んで、ちからつき、あとは漂うだけとなる。目的を果たしたヒトヅマイカはあとはもう住処《すみか》の深海に戻っていく力も必要もなくただ寄せる波に身をまかせるだけだ。

そこをおれたち二十五人が泣きながら（ウソだけど）襲いかかる。水深二十〜三十センチぐらいのところを藻などと一緒に漂っているのを網で掬う。イカの脚までいれると大きさは十センチ以上ある。立派なものだ。網で掬われたとき四つか五つぐらい脚の付け根あたりが小さく光る。ＬＥＤに似たか細い一瞬の光だ。ホタルイカの最後の「命の火」と言っていいのかもしれない。おれたちはさらに泣きながらそれを掬ってしまう。慣れてくるといっぺんに三〜四杯いけることもある。力つきているからイカさんたちは掬われるのに身をまかせるだけだ。「さっきしっかり産んでしまったからもう何をしてもいいのよ」と言っている。

そのケナゲさがまた泣ける。

「おかあさーん」

二十五人のうち十五人ぐらいが海に入り、あとの奴ははだしで海岸を走り回り、波にうちよせられてころがっているのを拾う。

一時間ほどで我々だけで五百杯ほどとれた。六月の新月の夜がむかしから大量のホタルイカがあがってくるピークだそうで、地元の人は「ホタルイカが湧く」などと言う。

海岸べりには県外ナンバーのクルマなども含めてぎっしりとまっていて、五百人ぐらいがホタルイカ掬いに海に出ているようだ。みんなヘッドランプや懐中電灯をふりまわして夢中になっているから、遠くからみるとノルマンディー上陸作戦もかくや、という異様なる光景だ。

浜辺で我々の仲間が大きな流木焚《た》き火《び》をやっていて、冷えた体をそこであたためるのと同時に、とったばかりのホタルイカをオリーブ油をひいたあつあつフライパンの中にころがし塩を一振りしたのを食う。プリプリしてこれが叫びたくなるほどうまい。

「ウメエーヨオ！」

「クオーンクオーン！」

雑魚釣り隊はとにかく煩《うるさ》い。真夜中の冷たいビールがこれによくあってうまいのなんの。二時間といえども波に逆らいこっちも水のなかに目をひからせ一パイでも多く、という神経体力戦だったからおなかがすいている。

だれかが「これはイタリアンふうのアヒージョにするといい！」と叫んだ。おれたちのチーフコックは若い頃イタリアンでコック修業をしているが、そいつはまだ海のなかでヒトヅマイカを追い回している。

そこにいる奴でフライパンをふりまわせるのは、あとは沖縄出身で東京で沖縄料理店をやっている親父だ。「さっきテントキッチンでスパゲティを作っているの見てたけどアギジャビヨウなんて簡単さあ」と言った。アギジャビヨウというのはスーパー沖縄語だ。驚いたとき、うまいとき、熱いとき、ひっくりかえるとき、うっかり宇宙に飛んでいくとき、なんでも使える。

早速「ホタルイカのアヒージョ」（沖縄の彼に言わせるとアギジャビヨウ）を作ってくれた。味のポイントに泡盛《あわもり》とコーレーグースー（トンガラシを使った沖縄的アヒアヒ死に辛調味料）がイタリアンとだいぶ違うが、これはこれで冷えた体にうまいし、なによりもいましがたまで漂っていたヒトヅマホタルイカのプリプリした弾力のある肌がもうたまりませんのよ。

冷しスイカのエーゲ海的いただきかた

子供の頃、夏休みにそこらの原っぱで少年野球までいかない、少年球投げ、球打ち球ころがしのようなことをやっていると、自転車の後ろに氷でよく冷やした箱をくりつけたアイスキャンデー屋さんがやってきた。

ハンドルに小さなカネをつけていて、それが振動と熱風にチリンチリンと鳴る。

あれをみて我慢できる奴は誰もいなかった。たしか一本五円だったな。お金のない友達には誰かが五円貸してあげた。仲間はずれのない正しい真夏の少年団だった。

アイスキャンデーは白と黄色と赤が基本三原色で、ときどきアズキ色のがあってこれは少し高かった。高いのはあきらめて、みんな口のまわりを色とりどりにしてアイスキャンデーをしあわせにはち切れそうになりながら笑ってなめ、そしてかじった。

ときどき残り少なくなったとき、最後の楽しみに残しておいたヒトカケラが何かの拍子でポロッと全部地面に落ちてしまう「大惨事」がおきた。ぼくも何度かやった。あれは実に悔しかった。もの凄く損をしたような気持ちになった。

あの真夏のギラギラ太陽はまだ年ごとに戻ってくるが、あのギラギラの下の自転車のアイスキャンデー屋さんはどこに行ってしまったのだろう。


町にはかき氷屋さんがあちこちにできた。ラーメン屋さんが夏だけなぜかかき氷をはじめる、などというところもあった。

魅力的な、そして不思議な形をした機械の横についたハンドルを回すと、固い氷がこまかい氷の雨みたいになってガラスの器にどんどん溜まっていく。そこにシロップをかけるのだけれどあれも赤、白、黄色、たまに青色というものもあった。いま思えば人工甘味料に濃厚人工着色剤がしっかりまざった俗悪液体だったのだろうけれど、ぼくたちはなにしろサッカリン世代だから、そういう人工ものに対して無敵のイブクロを保持していた。

そこでも一番高いのが「氷あずき」で、あずきの粒々がよくわかるくらいにかき氷山のてっぺんにのっていて、他の平民的「赤、白、黄色」のかき氷とはっきり身分が違った。

現在でもわが家の近くの商店街をあるくと夏だけ「かき氷屋」が開店し、子供だけじゃなくて大人も一緒に食べている。渋谷《しぶや》区だけれど、そういうところはなかなか庶民的な東京風景が残っているのだ。

でも今はかき氷などと言わず「フラッペ」なんて言っている。ぬあーにがフラッペだ。おら知らなかったっぺ。なんでそんな慣れない呼称を使うのだ、と思うのだがむかしとちがってゴーカになってかき氷の上にアイスクリームとかチョコレートなどがのってて「だからこれがフラッペなのよ」とあくまでも気取っている。

かき氷はしかし食物ではないからぼくなどあれを食べたあとなんだか空虚な気持ちになった。存在感はスプーンで口の中にいれるまでで、そのあとは口のなかと喉のあたりでただの冷たくて甘い飲み物と化しているのだ。

あれだったらぼくはアイスボンボンのほうがずっと満足感がある。あの名称、誰が考えたのだろうか。ゴム風船みたいななかに凍っているけれど少したつとやわらかくなる甘い氷のかたまりが入っていて、両手であちこち触ったり押しつぶしたりしながら適量を溶かしていく。このいつまでも続く存在感が安心だった。

だけどあれは圧倒的に子供のモノなんでしょうな。会社の営業担当専務などがオフィスのデスクであれをちゅうちゅうやっていると部下もなかなか接近しにくい。

このあいだ花巻《はなまき》の近くの食堂で面白いものを見た。その食堂はソフトクリームが売り物らしくみんなそれを注文している。

ちょっとびっくりするくらい細長くて大きいソフトクリームで、雪をかぶったチョモランマのように屹立《きつりつ》している。

それをお客さんは箸をつかって全体をなめらかにし、上のほうから上手にこそげていく。おじいさんもおばあさんも手つきからしてうまいもんで、まるで盆栽の手入れをしているみたいだ。繊細に注意をはらってバランスよく適量を口にはこんでいる。真剣になると無駄話は注意をそぐからだろう。店の中全体が怖いくらいにしんとしている。

写真に撮れば「ソフトクリームと勝負している人々」なんてタイトルになりそうだ。


スイカも暑い真夏によーく冷えたのを三日月みたいに切って、それにガブリと噛みついてタネだけピッピッと器用に吹き飛ばすスイカ食いの職人みたいな人がいた。

しかし、ぼくはこのスイカだけはいままでの論調をくつがえし、大きな白い皿の上にのせ、左右にナイフとフォークを置いて優雅に上品にいただきたい。

ではどうするか、というとスイカをキンキンに冷やしてしまうのは下品。顔を近づけると微かに冷えたスイカの冷気を感じる、という程度にしましょう。

でもってナイフとフォークを使って端からでも真ん中からでも巧みに切り取り、ちょうどいい一口サイズにしてあくまでもお上品にいただいていきます。

ここで大事なことは切り取る前にナイフとフォークを使って種を素早く取り除いていきます。

これやってみるとかなり効率的かつ的確に種だけ取り除いていくことができるんですのよ奥様。

時々卓上に置いてある塩をナイフの先で軽くハラリとすくいあげ、スイカに素早く触れるか触れないかの繊細タッチで味のポイントをつけます。

塩はエーゲ海の干乾《ひぼ》し塩田一番掻《か》きだしオリーブ仕上げ。

畑のものは海の塩、海の日干し魚は山の岩塩、とハイソサエティの塩遣いはそういうふうに決まっているのです。

秋サバは誰にも食わすな

たびたび書くが月に一回は十数人の仲間で釣り、焚き火、キャンプの旅に出る。できるだけ釣った魚を料理してそれをおかずにめしを食っている。つまり基本テーマは「自給自足」であります。

二十年ほどそういうことを続けているが、こっちが釣る気にみなぎっていても相手は「釣られたくない」というタイドにみなぎっているとうまくいかない。

結局敗北感にうなだれながらキャンプ場近所のスーパーで、どこでとれたのかわからないような魚を買ってきて料理することもある。そういうものを売っている店があいているうちに臨機応変に決断しないと、全員夜更けにカップ麺を泣きながら食っていることもあるんですなあ。

ふだん街ではスーパーなどにいかないから地方のスーパーにいくと知らないサカナがいろいろあって面白い。関東ではゴチソー級の魚でも地方では二束三文ということもけっこうあって「うーむ」なんて唸《うな》る。

だからこれが外国産の魚になると比較のしようがなく困ることがある。価値観の差が一番あらわになっているのはサカナ系だろうか。

例えば淡水の肉食猛魚「ブラックバス」は釣り人がよく狙う。大きくて力が強いので釣り人はその釣りの「かけひき」を楽しみ、釣れると捨ててしまう。関西を中心になぜかブラックバスは食えない、とかまずい、という俗説があってそれに惑わされているような気がする。欧米ではブラックバス（とくにオオクチバス）は食用として扱うのが普通である。おいしい料理が多い。

ぼくたちもこのブラックバスが大好きだ。むかし琵琶湖《びわこ》湖畔でよくキャンプしたが、目的はこのブラックバスを銛《もり》で突いてめしのおかずにすることだった。

大体六十センチぐらいのを突いてくる。腹をさいて中をきれいにし、そこらに生えている草などをいっぱいいれる。ハーブがわりですね。それから大きなアルミホイルにきっちり包みこんで焚き火の中に放り込み火勢を調節しながら丁寧に焼いていく。あまり強火ではなく中火で、焼きすぎたり焦げないようにけっこう気をつかう。アルミホイルをあけるとホワーンというういいにおい。皮をはいで肉にマヨネーズと醤油をかけて熱いうちにハフハフ食べる。肉は真っ白でシャキシャキして歯切れがいい。やみつきになる味だ。

日本はこんなにおいしいブラックバスを捨てて、アフリカのビクトリア湖（面積は琵琶湖の百倍もある）にいるナイルパーチという肉食巨大魚を大量に輸入している。一尾百キロ平均というからもう怪魚ですな。

このナイルパーチは、今、このページを読んでいるすべての人が食べているといっていいようだ。多くは練り物になって、いろんな加工食品に混入している。とくにコンビニの弁当にはたいていこれが使われているようだ。

ナイルパーチよりブラックバスのほうが抜群においしいのにヘンな話ですよね。

まあこんなふうに集団旅ガラスは季節によって場所を研究し、仲間のそれぞれ魚によって違ってくる名人が指揮をとる。イカが好きで好きでイカ太郎と呼ばれている仲間の一人はありとあらゆるイカを釣ってくる。

料理までやるのだが一番張り切るのがヤリイカで、これをそこそこ釣ると浜辺で焚火している仲間に「ごはん炊いといて」と携帯電話が入る。

イキのいいヤリイカを軽く湯通しして身もゲソもぶつぎり。炊きたてごはんにたっぷりのせてゴマ油にタマゴの黄身、めんつゆをかけてかきまわしすぐさま下品にわしわしかっこむ。うまいんだようこれが。ぼくたちは「イカユッケ丼」と呼んでいる。丼のチェーン店にはありません。

あらゆるサカナのなかでサバが一番うまいんじゃないかと思うのだが、真実を知らない世のおとうさんはいまだにタイだヒラメだマグロだ、と言っている。しかもマグロときたら大間《おおま》の本マグロにかぎる、などと机を叩いて主張する。でも大間から遠く離れた関東地方にいるとこれらのブランド魚はみんな冷凍でやってくる。冷凍ものはどうしても味が一段おちる。

ぼくたちは近海にいる小型のキハダマグロやメバチマグロのほうがうまいと思っている。冷凍はしてないし値段も安いし。

それからタイよりもアジのほうが本当はうまいと思うし、それらを代表して「うまさ」のナンバーワンは「サバ」なのでありますね。

釣りたてのサバはそのまま刺し身でいける。包丁でさばくときによく注意してアニサキスがいないかたしかめる。あれはコメツブより大きいからよくわかるし居場所もだいたい決まっている。その過程がタイヘンだ、という人は切り身にしてすぐに「ヅケ」にするといい。軽く塩まじりにした酢に三十分も漬けておくと脂身なんか見ただけで今すぐかぶりつきたくなるほどうまそうで、料理人は「酢かげんの様子を見る」などといってよくつまんでいるのを見る。様子の見すぎだ、とまわりの者は怒る。

酢漬け完了したサバはそのまま食べてもいいが、我々はこれでよく「手巻き寿司《ずし》」を作る。食べるときは二分の一ぐらいの大きさに切ってかじりついたときに「脳髄しびれ級」のウマさを知ることになる。

オチョボ口をしたカワハギはアサリのむき身を餌にするが餌とりの名人で、よく持っていかれる。でもこいつは肝が抜群にうまく、薄く切った刺し身を醬油に肝を溶いたので食うとあたりの風景がいきなり贅沢《ぜいたく》になる。

カワハギより大きくもっとオチョボ口がぐいんと伸びたウマヅラハギは間抜け顔だけれど、カワハギよりずっと大きな肝があるし肉は薄切りにするとフグそっくりになる。

関西のほうではフグの刺し身を「てっさ」、鍋を「てっちり」と呼んでいるが、とんでもなく安い店だとフグといいつつこのウマヅラを出しているらしい。ウマヅラはあたらないし、そっちのほうがうまかったりするから積極的に騙されていいのだ。

サバ
カワハギ
ヤリイカ
ウマヅラ
イカ太郎
ブラックバス

ニューヨーク、ラーメン事情

ひさしぶりにアメリカに行ってきた。うちのムスメが住んでいるニューヨークだ。彼女はもう二十年以上このでっかい都市で一人で生活し、いまはアメリカ国籍となってこのあいだニューヨーク州の弁護士になった。その宣誓式に招待されて行ってきたのだが、ついでにたしかめておきたいコトがあってそいつを視察してきた。

今回はその視察報告だ。

わが国の政治家はよく世界のあちこちに視察にいくが、何を視察しているのか。その視察の目的も視察結果も我々に理解できるような報告がないからよくわからん。

しかしぼくの場合ターゲットは明確だ。

なぜかというとラーメンなのだ。

ニューヨークは今、空前のラーメンブームになっていて行列のできる店まであるという。ほんとかね。

なぜ疑ったかというと欧米人はそもそも「ススル」ということができない民族だからだ。「ススレなくて」あんたそのラーメンをどうすんの?

かれらの食生活の歴史を辿《たど》ると感覚的に能力的にそれができないのがわかる。簡単にいうと強引に咀嚼《そしやく》嚥下《えんげ》機能や神経操作をしても「なにかをススル」ということができないのだ。いや、やれよ、と強制訓練すればできるんだろうけれど、民族歴史的に人間美観的に周辺マナー的にそれがやれないのだ。

たとえば「洟《はな》」など、体内からでるものを、もう一度ススって体内にもどす、というコトができない。そういうふうにキリストが教えてきたのだ。確信はないがたぶんそうだ。

欧米人はよく「洟」をハンカチでかむでしょう。あれを見ていると我々東洋のたおやかな美観は逆におぞけをふるう。ハナは紙にだしてしまうものだ。だから、欧米人は日本人が洟をススルということを一番嫌悪するらしいが日本人だってあのハンカチズズ、チーンというのが許せない。

価値観の差異は明確にして頑固だ。欧米人からみたら中国人がいまでもやっている「手洟《てばな》」などはなかなかヨロシイと思っているのかもしれない。

いけねえ。こんなことを書いていると問題のラーメン話になかなかいけない。

そうそう。ニューヨークがラーメンブーム、というのは本当だった。ブルックリンだけでもあちこちにラーメン屋さんがいっぱいある。そうして驚くべきことに本当に行列ができているのだ。ぼくもラーメン好きだが、この大切な人生時間、ラーメン屋ごときに並んで無駄使いしたくないと思っている。だって日本だとその人気店(なんでしょね)のすぐ近くにほかのすいているラーメン屋がいくらでもあるんだから。味はヒトによって違うだろうし、その行列ラーメン店よりはいくぶん落ちるのかもしれないけれど、ひと口ススッて嘔吐《おうと》するほどまずいわけはない。要するに価値観の差なのだ。

で、ニューヨークのラーメン屋の何店かに入った。メニューをみるとけっこう高い。二十ドルから三十ドルなのだ。チップいれて三千円以上のラーメンって、おめーいったいなんのつもりなんだ。

味はいまトンコツ系が主流のようだった。トンコツ系に醤油系が加わって濃厚。メニューの写真を見ただけですでにどれも「すごく濃いな」とわかる。

でも食ってみなければ断言できない。いちばんポピュラーなのを注文した。

出てきたそれを見て驚いた。

チャーシューが厚い。いや厚すぎる。一センチはある。やつらはビーフステーキ感覚でチャーシューを入れているのだ。高いわけだ。チャーシュー一枚でごはん一杯食える。

　思ったとおりスープはしばらくすると全体が凝固して動かなくなるんじゃないかと心配になるくらい超濃厚。こんなのラーメンじゃないのだ。アメリカ人に二百キロデブが充満している理由がわかる。

　公平を期するため調査団（二人だが）は他の人気ラーメン屋を回った。だいたいどこもトンコツ系の肉厚チャーシューで、なにかそのへんみんなして間違えているみたいだ。「匠《たくみ》」という店があった。ラーメン屋で「匠」とはそもそも気配を間違えている。悪い予感がする。

「ええ？　じゃあなにかい、オメーんとこはいい塗りの器を使ってんだってな」

などといいちゃもんをつけたくなる。

　店は広く、とてもこんでいた。

　壁にメニューが、寿司屋の板看板（小さく切った小板に品目が書いてあるやつ）になってたくさん並んでいる。それをみて「こりゃだめだ」とすぐにわかった。

「醬油ラ―メン」「塩ラ―メン」「チャ―シュウ」「カレ―」「ポ―ク」

　醬油とか塩などの文字は全部ちゃんと正しい。でも「ー」のところで間違えちゃったんだなあ。誰かこの店に日本人の関係者がいたらすぐに間違いに気がつく筈なのに。

そこで調査団は結論をだした。

これはコンピューターで日本の有名ラーメン屋のメニューかなにかを見て製作したのだろう。だから難しい漢字も間違えていない。でも「ラーメン」の「ー」をタテにすることに気がつかなかったのだろう。もともと全部横になった文字が基本データになっている筈だ。縦に文字を書かない国ではありがちな可愛《かわい》いミスだ。

ほかの国でも日本料理屋に入るとこの「ー」でまちがえている例がよくある。どこだったか全部「?」になっているところがあった。「ラ?メン」「チャ?シュウ」「カレ?」という具合だ。注文していいかどうか「?」ってしまう。

ヨソの国の言語は文字に「ー」(＝音引き)はあまり多くないのかもしれない。

さてアメリカのその店の醤油ラーメンも濃厚だった。やっぱり「チャ｜シュウ」はナイフが必要なくらい肉厚。

そうしてわかったのは、食ったあとみんな何か話しこんでしまってなかなか席をたたない、ということだった。ラーメンはファストフード、ということがまだ店も客もよくわかっていないのだろう。ぼくのとなりのカップルなんてカラのドンブリの上で顔を寄せ合い、じっくり愛を語っているようだった。あれじゃあ回転が悪く、愛を確かめるための行列もできるであろう。

I♥RAMEN
New York

ヨロコビと悲しみのエビフライライス

ついこのあいだ秋田で食べたお弁当のメーンのおかずはエビフライだった。それも長さ十五センチぐらいあって太さも直径三センチはある。近頃アブラものはあまり食べなくなっているけれどそのお姿は魅力的だった。

箸で全体を持ち上げると思いがけずズシリと重い。よくあるコロモ主役のスカスカフライではないのだ。

エビフライを食べるの久しぶりだなあ、と思いながら先端部分を垂直にかじると、エビの肉の部分がきれいに見えてきた。

当然まわりを茶色っぽいコロモが囲んでいるがそのコロモが正直者の互助《ごすけ》じいさんのように正しく薄い。互助じいさんをあまり知らないけれど……。まあつまりやさしくそっと、という感じだ。まごころのあるコロモなのだ。

細く切ったキャベツが、いままであったエビフライの下にそこそこ厚く丁寧に敷いてあり、ウスターソースを入れてある小さなビニール袋とタルタルソースの入った銀色をした小さな入れ物があり、どちらでもどうぞ、と言っている。誰が？　ってその弁当全体が言っているんですよ。

近頃こんなに丁寧な弁当はめったに見ないように思う。

キャベツにウスターソースをかけ、エビフライはタルタルソースでいくことに方針を決めた。

で、まずは一口。

期待の予想にたがわず「うまい！」

でもってそのごはんはたぶん〝あきたこまち〟だったんでしょうなあ。ほかにもある副次的なおかずもしずかに控えめにうまかった。

朝食を食べずに秋田新幹線で五時間近く、秋田駅からクルマで七十分。

新幹線の車内販売のワゴンで売りにくる弁当を買おうかどうかと幾度か迷ったが、もっと空腹になって、いい景色のところで土地の弁当を、と思ったのが正解であった。

しばらく忘れていたが、ぼくはエビフライが若いときから好きだったのだ。

そうだ。あれはまだ二十代、銀座にある小さな会社で雑誌編集の仕事をしていた頃だった。社員は男ばかり二十人ぐらいだったが、紅一点、社長の姪《めい》というヒトが経理担当でいた。若いのにいつも午後から出社してきたエライ人だった。このヒトがなにかにつけて非常にピリピリキリキリしていて厳しかった。

編集の仕事は締め切りが近くなると残業が増えてくる。内部で書く原稿と外部から貰《もら》う原稿があるが、全部揃えて印刷所に渡すまでけっこう神経もカラダもつかう。

会社の規則で八時すぎると夕食の出前をとってよかった。

ああ、ここまで書いてその出前をしてくれていた店の名をいきなり思いだしてしまった。ほんの二〜三分前まで完全に忘れていると思ったのに人間の記憶細胞というのはエライものですなあ。銀座でありながら両店とも地元志向の店だったからそんな時間まで出前をしてくれたのだ。

「露月庵《ろげつあん》」という蕎麦《そば》屋さんと「ネスパ」というレストランの二店。蕎麦屋さんのほうはカツ丼が一番人気だった。といっても我々の会社内での人気だけれど。

どちらも銀座八丁目の裏通りにある店で、観光客は関係なく地元の人のための店だった。あれから三十幾数年。銀座も激動を経ているから両店とももうないのだろうなあ。

その界隈《かいわい》では銀座のオモテ通りに面している店は老舗《しにせ》の有名店が多く、いまでもあるのは「天國」という天ぷら屋さんだ。「てんくに」と読むのだが、普通の感覚でいうと

「てんごく」と読みたくなる。当時その店の前にバスの停留所があったがどうしても「天国前《テンゴクマエ》」と読んでしまう。乗ってみたいようなそうでもないような。

高級店だから、ぼくたちはランチサービスデイの天丼定食ぐらいしか食べることができなかった。

もう一軒「維新號《いしんごう》」という高級中華料理店があって、ここのワンタンが旨《うま》くて人気だった。どちらもボーナスが出たときぐらい、つまり年に一～二回ぐらいしかいけなかった。

一杯食べるのに一年がかりだったのだ。当時は若かったからもう一杯食べたいなあ、と悔しく思いながら店をあとにしたものだ。

その店も今もあるようだ。いまならワンタン連続三杯食いぐらいの予算あるぞう。でもそんなに食うイブクロの余裕はないんだなあ。人生は不公平だ。

で、話はむかしの会社の残業の出前だ。

ぼくは「ネスパ」のエビフライライスが好きだった。貧しい青少年時代を過ごしてきたので、そのようなものは超高級メニューだったのである。レストランだから二枚のお皿のひとつにエビフライ。もう一枚にごはん。両方とも熱かったからこれがおいしかった。

不満は、一応銀座のレストランなので気取っているのか「ごはん」の盛りが少ないことだった。食いざかりの編集部の面々も同じ不満を言っていた。「せめてこの倍はほしい」。

そこであるときぼくは考えた。

ごはんをダブルに近いぐらい大盛りにしてもらおう。

この意見に編集部のみんなは喝采し、露月庵のカツドン派もみんな「エビフライライス、ごはん大盛り」派になびいた。

そうしてしあわせな夕食を実現させた。

ところが、翌日ぼくたちは社長の姪の経理娘によびだされた。

「夕べの残業夕食のコトだけどね。いつもの値段より三十円ずつ多く請求されているのよ。ヘンだと思ってお店に電話したらあんたたち全員ごはんを大盛りにしたっていうじゃない。会社は、大盛りまでは認めていませんからね」

そうしてぼくたちはその場で一人三十円ずつ払わされた。でもそれ以降、やっぱりごはんが多いほうが仕事にハリがでる、とみんなの意見が一致して大盛りを注文し、超過の三十円分持って、翌日経理のピリピリ姉さんに払いにいった。その会社は今はどこか場末に越して存続しているらしいが、残業夕食のルールはどうなっているのだろうか。

午前九時のタマゴ入り味噌汁

前の日の晩めしの残り物をどうするか、という問題がありますね。

我が家は夫婦二人暮らしなので互いに（つまり別々に）よく旅に出てしまう。旅に出るといっても江戸時代じゃないから東北や九州あたりにいってもせいぜい三泊ぐらい。テキ（妻の別称、わかりますね）が出掛けるときは三日ぐらい過ごせるようなおかずの材料をわかりやすく買っておいてくれる。

でも初日の朝は、前の晩の残り物がないかまず探します。いちいち自分で作るのは面倒だからね。

一番ありがたいのは味噌汁《みそしる》だ。これさえあればなんとでもなる。

老夫婦二人暮らしだと一合のコメを炊いても、朝にごはんを食べるのはぼくだけだから四分の三ぐらいは残る。これを何個かオニギリにしてラップかけて冷蔵、もしくは冷凍にしておく。で、電子レンジを使うと一分もしないうちにホカホカ炊きたて状態になる。最近のカガクは便利なものですなあーとわしは明治のヒトか。これを我が家では「ごはん玉」と呼んでいる。沢山作って投げあうと「ごはん玉合戦」になります。合戦してどうする。

まあ、今朝は一人だからなんでも好きなようにしていい。冷蔵庫をよくみるといつもの「生野菜もりあわせ」に「納豆」があり、そのほかあとは自分でなんとかしなさいというのだろう「めんたいこ」「鮭《さけ》のカスヅケ」「いくら醬油《しょうゆ》漬け」「シラス干し」「焼きのり」などがある。

しかしぼくはそういうものたちのユーワクにはまけない。まず火を通さなければならないものは避けたい。それらはほかの日（三日しかないけど）にいくらでも回せるではないか。

そしてそういうときに「ゆうべの残りの味噌汁」がピカピカ光ってくるのだ。

ぼくは「ワサビ漬け」が好きなので自分の部屋のどこかにお土産《みやげ》で貰ったソレを置いておいたのを瞬間的に思いだす。別に妻（じゃなかったテキ）に隠していたわけではない。なんとなくほうりなげていたのだ。

「ようし勝った！」

なにが勝ったのか自分でもわからないが「シンプルイズベスト」が頭にチカチカする。

ぼくは味噌汁の鍋にガスの火をつけた。ほうれん草と小さく切った豆腐とアブラアゲが具であった。「うふふ」とぼくは笑う。

朝九時（ぼくは夜中に仕事しているのでだいたい寝坊なのだ）に台所で味噌汁の鍋の蓋をあけて「うふふ」などと含み笑いをしているおじいさんを思い浮かべてほしい。にわかに鍋からふきあがってきた湯気で白髪の老人になってしまいましたとさ、と言われたいがまだ「黒髪六割対白髪三割」ぐらいだと思う。あれ！　一割どうなってしまったんだ。

ま、そういう政党もよくありますな。

同時に例の「ごはん玉」を電子レンジにいれる。タイマーは一分とすこし。

確かめているうちに味噌汁が早くも煮立ってくる。そこにぼくは秘伝の生タマゴ一ケを投入。いや別に秘伝でもなんでもなかった。たかがそこらの生タマゴである。しかしお言葉ですが、田舎《いなか》の集落ではないからそこらに生タマゴは落ちていません。

田舎の集落のヒトも「わたしら決してそこらに生タマゴを落としたりしません」というであろう。いやすまなかった。どうしたらいいのだ。

狼狽《ろうばい》しつつも、とにかく生タマゴ一ケを味噌汁に投下。

このあとが大事なんですねえ。あまり早くガスの火をけしてはなりませぬ。これはそのむかし戦乱の頃、玉子姫がおっしゃったことなのです。いや戦乱はとくに関係ないのです。ちょっと早く火を消してしまうと味噌汁のなかでタマゴは煩悶《はんもん》します。鍋の上で殻を割られ、いきなりアチアチの味噌汁の中に降下されたとき姫は覚悟したのです。「こうなったらわらわは立派な落としタマゴになってみせようぞ」そう覚悟を決めたというのに火力が急に衰えてしまったではないか。このままでは白身も黄身も区別がつかないふがいなくも面妖なるゲル状物体になってしまうではないか。

この恨み、末代まで……。

などという遺恨を残さないように黄身がある程度の粘体物質になるまで火をとおさねばなりませぬ。オババもそう言っています。とはいえ、いつまでも煮ていてはいけませぬ。

黄身も白身もほどよく固形化しつつある少し前に火をとめなければなりませぬ。

アレ？　どうしていつの間に戦国合戦時の味噌汁になってしまったのだ。

現実に戻ろう。

ごはんはホカホカ状態に戻っている。

味噌汁の中にオタマをそっといれて、もともとの具と一緒にちょうどいい具合になったタマゴを汁椀にいれます。香ばしいかおり。

もうすでに覚悟して立派な味噌汁タマゴとなったそれをごはんの隣においてみます。白く輝き、堂々と胸を張ったごはん（昨夜炊いたんだけど）。

そのとなりにそそと寄り添うタマゴ入り味噌汁。もとは武家の娘なれど今は味噌汁後《ご》家《け》。などとは誰も言いはしません。

さっき紐《ひも》をほどいたワサビ漬けをかたわらにおいて、このような立派な味噌汁をいただけるわが身を慈しみつつ箸をつかいます。

わたしは、こういう朝食が世界で一番おいしいと断言します。

「一粒の米にも万人の労苦を思い……」

うちの妻（テキ）は孫が家にやってくるとごはんを食べる前に必ずそのようなことを言い、タマゴじゃなかったただのマゴに唱和させます。

一ケのタマゴには万人はかかわらないかもしれないけれど、午前九時の老人はコケコッコーなどと高く叫びつつきっぱり感謝するのです。

刺し身を作る少年

少し前、釣り仲間と房総半島のちょっとした漁港で堤防釣りをやっていた。狙いはムロアジだったが、まあ釣れるものならとりあえずなんでもいい。

休日なので近所のそこらの人たちだろう、けっこう沢山の釣り人が来ていた。いずれも絶対これだ！　と狙っているサカナなんていないようで、まあ暇つぶしの延長のように見えた。ぼくのすぐ隣に小学校四、五年生ぐらいの少年たちが三人いてごくごく簡単な「ぶっこみ」という釣りかたで楽しげに小魚を釣っていた。

けっこう慣れているらしく、小型だけれどちゃんとした小アジとか小サバ、そして石垣鯛《いしがきだい》などを釣っていて、大人の我々が負けそうだった。我々の狙っているムロアジは回遊魚で、その漁港に群れが入ってくるとたて続けに釣れるのだが、群れがやってこなければベラとかクサフグなどの餌とり名人の雑魚《ざこ》しかハリにひっかからない。しかもクサフグなんて毒を持っている雑魚だ。

あまりの不振にやがて飽きてきた我々はビールなど飲んでどんどん堕落のみちに入っていた。

その一方、小学生らは自分たちの狙いの魚をどんどん釣っているようだった。やがて昼どきになり弁当の時間になった。我々も小学生らも竿《さお》を置いた。我々はここにくる途中のホカベン屋で適当に弁当を買ってきていたのでそれを広げる。

三人の少年たちは釣りたての小魚を堤防の上に並べ、ナントそのために持ってきたのだろう小さなプラスチックの板をだし、その上で器用に自分たちの釣った小魚をナイフでサバキはじめた。

その手際のいいこと。いろいろ慣れていてどんどん小魚を三枚にオロしていく。これにはびっくりしたし、感心もした。

三人はそれぞれ自分の家で作ってもらったのだろうオニギリをひっぱりだし、それが入っていたタッパーの蓋に持参した醤油をたらしているではないか。

三人は「刺し身」を作っていたのだ。うーむ見事なもんだ。

ぼくは思わず三人を絶賛した。

「うまそうなの作ったなあ。カッコいいぞう」

すると三人のうちのリーダー格らしき少年が「でもコレおかあさんに見つかると怒ら

れるんだ」と言った。

「ん……」

しばらくその意味がわからなかったが、やがてこう解釈した。つまりはいまどきの母親にありそうな過剰反応というやつだろう。子供たちだけの釣りは危ない。釣った魚をやたらに食べてはいけない。どんな毒があるかわからないから。というような理由だろう。そんなことのために釣りを禁止するなんて。今の学校教育そのものではないか。

「おじさんも食べるか？」

少年の一人が言った。

「食べる食べる」

我々は無能をさらけだしてみんなで言った。石垣鯛の刺し身などビールの肴《さかな》にぴったりではないか。まいりました、というかんじだった。

そうしてぼくは自分の子供の頃のことをしきりに思いだしていた。

ぼくはこの少年ぐらいの歳《とし》の頃に東京湾のそばに住んでいて、夏になるとほぼ毎日海にいき、背の立たないところまで行っては潜り、ハマグリやアカガイやトリガイなどをとっていた。トリガイといったら季節の寿司《すし》ネタとしては高級品ではないか。銛《もり》を持っていき、カレイやガザミ（ワタリガニ）なども突いて、砂浜にあがると焚《た》き火《び》をして仲間たちと焼いて食った。

思えばぼくの焚き火好きはその頃からはじまったんだなあと思うのだ。

大人になって世界のいろんなところを旅するようになり、海や川でなにか獲物を捕っている子供を見かけると、ついつい腰を下ろして何をどうやって捕っているのか一部始終を見物してしまうのも子供の頃の体験が影響しているのだろうな、と今になると思う。

ぼくはよくわかるが、子供にとって目の前の〝自然〟から食べられる獲物を自分の手で捕ってくるほど嬉《うれ》しく、コーフンする出来事はないのだ。やや大袈裟《おおげさ》とは思うが狩人のよろこびに近いような気もする。そうしてその一部始終が少年の成長につながる、と思うのだ。

だから自分で釣りをしてそれをさばいて自分らの弁当のおかずにしてしまえる少年は、その人生にとてつもない自信と挑戦欲を生み出すようになるだろう。

釣りにいこうとしている少年を「危ないから」というような理由だけでやめさせるようなお母さんになってはいけない。気持ちはわかるけれど、そういう理屈でいえばひとりで道路に行ってはいけない、ということになるし、木のぼりも自転車に乗ることも禁止していくコトになるだろう。そんなことを心配していたらその少年の大きな夢はツブレル。同じような理由で近所にある裏山に昆虫とりに行ってはいけないし、小川でオタマジャクシをすくいに行くのも禁止、ということになる。そうなったらいつまでたっても子供は成長することができない。

それよりも、近くに海や川や裏山がある環境を子供とともに喜ぶべきだろう。大丈夫。ぼくがそうだったように子供は一人になると案外注意深くなるし、危険そうな場所ではじっくり用心し、それなりに対応していけるのだ。

そういう出発点（釣り少年のような）をとめてしまうと、その延長線上に、ひきこもり、とか予期せぬ精神的にマイナスの反応などを呼び込んでしまうような気もする。

「今夜の家のおかずをとってくるのよ」

ぐらいの声をかけて海に少年を送りだすようなお母さんがこれからますます必要になってくるような気がする。

奥深いお父さんカレー

男が作る三大料理というとなんでしょうなあ。あっ、ここで「三大」なんて「大」という文字をつかってしまうとなにやらたいそうなものを連想しがちですから「大」はいらない。

男が作れる三品料理、というふうに変更です。ソラマメの皮むき。ダイコンオロシとかね。急にこまかくなりました。

男は炒《いた》め物が好きです。キャベツ炒め、タマネギ炒め。チャーハンもこの中に入っていいでしょうなあ。火とフライパンがあればたいていのオトコはなんとかする。問題は「うまいの」を作れるかどうか、というコトでしょうね。

ぼくが作る炒め物で、これはしみじみうまいなあ、と自分で思っているのはキャベツ炒めですな。サラダ油をチンチンに熱くしてここに適当にひきちぎったキャベツ投入。全体が少しシナッとしてきたところでカツオブシ投入。ちょっとだけシオ、コショウ、最後は醬油をさっとかけてできあがり。簡単なわりにはコレけっこううまいです。中学生ぐらいのときにはもう作っていましたなあ。欠点は冷えてしまうとダメなこと。新キャベツが出た頃、これをつくってドンブリごはんの上にそれをのせるキャベツ丼。略して「キャベ丼」は部活から帰ってきたときなどわしわし作ってわしわし食ったものです。もちろん母親には内緒の午後五時頃丼でもありましたなあ。

メダマヤキとかタマゴヤキも男が最初に作る料理のもう一方の代表です。自分で作って自分で食うのが殆《ほとん》どですからいつも「うまいうまい」と自分で絶賛して食っていました。

不思議とこのタマゴヤキとキャベツもしくはタマネギ炒めを合体させることはなかった。炒める順番や味つけがよくわからなかったからのような気がします。フライパン炒めにしては少しフクザツだ。

その次に男が作りたがる炒め物一族の首領はチャーハンですな。

むかしはヤキメシと名のっていた。神戸じゃチャーハンでチャイナドレスを着てたのヨオ。流れ流れてモロッコの酒場ではピラフと名乗ったのヨオ。これらは簡単なようで実は難しい。奥が深いというかヤキが深い、というか、名人とシロウトの完成度の差がこれほどはっきりしているものはない。

ぼくの知り合いのプロの料理人は、フライパンに砂をいれて片手でフライパンをナナメ上下に砂を回転させてすくいあげる練習をしていたそうです。

全体によく火が通ってきたらフライパンだけを動かしてヤキメシ全体を空中で回転させるの実にかっこいいですなあ。いつかやってみたいと思っているのですがごはんが全部コンロの向こうに集団移動して落下し、えらいこっちゃ状態になってしまいそうでなかなか決断できない。

うまいチャーハンを作るコツは「ごはん」にあるようです。理想はカタメに炊いてしまったごはんの残りを冷蔵庫にいれておく。三日めぐらいに「おや？　こんなところに」などとわざとらしく発掘してまずザルに入れ、ゴハン粒を指でこまかくほぐしていく。なるべく一粒単位ぐらいまでこまかくしたほうがいいんですなあ。

作るときはフライパンにサラダ油をいれて例のチンチン状態にして、ここに生タマゴを割りいれる。まあ煎りタマゴをつくるわけです。しかる後に一粒単位になったごはんを躊躇《ちゆうちよ》なく全部投入。煎りタマゴたちとうまくまぜあわせます。

この方式のいいところは、ごはん同士がくっつきあわずそれぞれが煎りタマゴとなかよくまざりあって全体に火もよくとおる、ということです。

途中で長ネギの小口切りを空中投入。あとはシオ、コショウだけでもいいし、できあがり寸前に醬油をたらし、少し焦げるようにするともうたまらないのであります。

ぜひお試しくださいませ。

男の料理の王様はカレーライスでしょうなあ。これはヒトによっていろんな作りかたとそのリクツがあります。

カレーを作るときのお父さんの顔は恍惚《こうこつ》にキラキラしています。とくに最初から最後までその製作をまかされたときのお父さんの誇らしげな顔をごらんなさい。よくみると微妙にちらつくいささかの不安感も鑑賞ポイントです。この自信と不安の配分状態がいいんですなあ。

カレーを本格的に作りたがるお父さんはニンニクにこだわります。ニンニク玉をよくほぐして一ケずつのパーツにして薄皮をむいていく。その日お父さんカレーを食べる人数をちょっと計算し、ニンニクのツブ数をきめます。それから包丁でそれらを小さく切って、まずアチアチのフライパンに投入するわけです。

全体がピチピチはぜてきたあたりでタマネギミジン切りを投入。よくまぜて炒め、それらの態勢ができたところで運命の岐路にさしかかるわけです。つづけて投入すべきは肉、ジャガイモ、ニンジンの三役揃《そろ》い踏《ぶ》み。これらを「エイ！」と叫んでぜんぶいっぺんに投入してしまうお父さんもいれば、ジャガイモ部隊をまず送り込み、よく理解していないながらも様子を見てニンジン、肉といった空挺《くうてい》部隊を出撃させる者。

この順番には実はさしたる理由はない、ということがよくあります。

人によってはピーマン、トマトなどをザク切りにして後方部隊を充実させる場合もあります。

そうしてから火かげんに注意して全体によく火がまわるようにぐつぐつ煮ていく、という風景をじっくり落ちついて見ているシアワセに向かって男はカレーに挑んでいくのです。

そのヒトの人生観によってこれらにナスを加えていく場合もあるし肉のかわりにサバの水煮カンヅメをいれるケースもある。サバカレー、あんがいうまいんだよね。

仕上げはカレー粉であるけれど、お気軽にルウを投入したほうがトロミがついて安全です。しかし我々がキャンプなどでいまだによくやっているのは「死に辛カレー」といって、カレー粉の次にラー油を少なくとも五〜六本、オロシショウガをドーンとドンブリいっぱい、さらにいえば新潟のカンズリをいれる場合もあります。イグアスの滝から飛びこむ勇気でカンズリをひと瓶かかえて飛びこんでいくお父さんもいます。さらにさらにタバスコを二〜三瓶いれてしまうこともあり「カレーはインドの足し算なんだよ、キミ」などと言ってムハハハ笑いをしているお父さんもいて、あとは阿《あ》鼻叫喚《びきょうかん》カレーの道へとひた走っていくのであります。

全日本まぜごはん大会

春はまぜごはんがいいですなあ。グリーンピース。いいですなあ。よく煮たダイズなんかでもまぜごはんにするとけっこううまいような気がします。豆類はながいこと食卓界では脇役に甘んじていたところがある。春は苦労してきたその大部屋の若者たちに夢と希望をひらく時なのです。

タケノコごはんも文句ありません。さらにいえば甘辛く煮たアサリごはん。子供の頃、海辺に住んでいたのでよく食べました。兄弟もいっぱいいたので、作るほうもまぜるほうも食うほうも殺気立っていましたなあ。

この季節はなんでもおいしいから、たとえばヒジキとニンジンとアブラアゲを小さく細く切った煮つけをまぜたやつなんてけっこうおかわりおかわりの声が続きました。

タクワンを一〜三ミリ角ぐらいに小さくミジン切りにしたやつをまぜたごはんなんかも、食べたことないけどけっこうイケルような気がします。すこし塩味のついたシソの実なんかもまじっているの。

そうだシラスのまぜごはんというのもあった。これは最初からシオアジが効いています。静岡あたりで季節になるとたくさん海からやってくるサクラエビもごはんにまぜていいような気がします。白いごはんにチラホラと桃色。いろっぽいじゃありませんか。

それをいうなら富山のホタルイカを忘れないでよ、といわれそうです。ほどよく味つけして煮たホタルイカを小さく切ってごはんにまぜたのを食いたい。

塩漬けしたサクラの花のまぜごはんを以前どこかの料亭でだされたことがありますよ。紫式部なんかも「ようよう春のかおりなどしていとうまし」などといいながら食べていたんじゃないかなあ。でも「うまし」とはいいませんね。

肉のまぜごはんというのを母親がときどき作ってくれた。安い肉を小さく切って醤油味で煮たのを炊きたてのごはんにまぜただけのような気がするけれど、あれはごはんが冷えてもうまかった。遠足のときの弁当などにそれがつめてあった。友達とならんで海を見ながら食べていたんだ。入道雲のむこうに向かって、

「おかあさーん！」

そうだ。草や花の好きな母は季節になると「ムカゴごはん」というのを作ってくれた。むかごの実は山芋の実でしょ。あれもおいしかったなあ。

以前、甲州《こうしゅう》で「すがれ」というハチの巣を探すおとっつあん少年団と一緒にハチの巣を手にいれ、ハチの子のまぜごはんを食べたことがあります。

ハチの子を炒めるとタマゴヤキの匂いがします。これにすこし塩とか醤油の薄味をつけてごはんにまぜて「にぎりめし」にしたのを持ち、翌日小さな山登りをしててっぺんで食った。あの味もわすれられないなあ。

山国では山菜を煮たものをこまかく切ってごはんにまぜるといいます。煮たツクシのまぜごはんなんて食べることができたらしあわせでしょうなあ。

まぜごはんはその土地のその季節しか食べることができないから貴重なのです。

海のほうでは牡蠣《かき》のまぜごはんというのを作ったりします。あのでっかい牡蠣ですよ。ごはん茶碗《ぢゃわん》にいれて出されると牡蠣はまあ四〜五個ぐらいしか入っていないけれど、牡蠣という大きなマゼモノの四〜五個入りは大当たりです。具の大きさでいうとホタルイカのまぜごはんの系列ですな。

北海道にいくと「ウニめし」というのが出てきます。たいてい丼にウニがのっかっているだけだから正確にはウニ丼。このウニとイクラをのせたのが「ウニクラ丼」でいまは三千円ぐらいします（いやもう五千円ぐらいになっているんでしょうなあ）。函館《はこだて》だったかこのウニを炊き込んだ本当の「ウニめし」というのを食べたことがありますよ。正確には炊き込んでいるんじゃなくて炊いたごはんにそおっとウニをまぜたようなやつだった。ごはんが生あたたかい程度だったのは熱いごはんだとウニが煮えてパスパスになってしまうからなのだろうな、と味とは別に店主のご苦労を味わいました。

でもウニはドンブリじゃなく純粋におかずとしてあついごはんで食べたほうがいいようです。

ぼくが死ぬ前に一度腹いっぱい食いたいと思っているのはイカのキモのまぜごはんですな。

肴はあぶったイカでいい、と港の女はいっているようですが、イカはなんといっても生キモがいちばんうまい。しかしぼくは痛風予備軍で、魚卵系やキモ系は用心しなければいけないのでこの日本一うまいイカのキモのまぜごはんを食べることはできないのです。もっともそういうものがあるかどうかは確認していないのですが。不公平なことに女の人はなぜか痛風にはなりにくいようです。だから女の人は「イカのワタの炊き込みごはん」という看板をだしている店があったらずんずん入っていくのが絶対いいのです。ぼくら痛風予備軍のおとっつあんは近くの電信柱の陰でハンカチの端っこ嚙《か》みながらそっと見ています。

まぜごはんのルーツといったら何になるのだろう。もち米にアズキをまぜいれた「お赤飯」などは堂々としたまぜごはん界の横綱のような気がしますなあ。

そういえばクリごはんというのもあった。あれもごはんがもち米だった。いまでもデパ地下なんかで売っています。

まぜごはんは純日本産です。ごはんがモチモチしていないと成立しないからでしょうなあ。インドでなにかの実のまざったごはんを食べたことがあります。パラパラのごはんなのでまぜごはん、という感覚はなかったのですよ。ま、混合めしぐらいかな。

前に書いたかもしれないけれど、アマゾンを旅していたときに殆ど外部からヒトのこないような奥地で、ワイカ族というかなりディープなインディオが大きなアリンコを好んで食べているのに出会いました。まだ生きているのをつまんで熱いお湯にチャッチャッとさらして食べてしまう。

「アリシャブ」です。

あのアリを甘辛く煮てごはんに炊き込んだ「アリメシ」を食ったらどうなんだろう。アリシャブは蟻酸《ぎさん》が強すぎてちょっとまいったけれど、漬物にしてごはんにまぜたらうまいかもしれないと思ってしまった。思っただけです。

小さな焚き火の大きなヨロコビ

いよいよ野原や海や川にむけて野外の行楽シーズンになった。小さい子のいるファミリイのハイキングなどでのアウトドアライフはわたしにまかせなさい、などとおとうさんははりきる。日頃やらない料理のリーダーシップをとれるから嬉しくてしょうがない。でもまあ料理といっても火の上で野菜や肉を焼くだけだからとくに修業などしなくてもできるのばかりなんですなあ。

うまいバーベキューをじゃんじゃん作って春風おどる青空の下でみんなのおなかをパンパンにしてやるからな。そういってスーパーで材料をいっぱい買って勇躍出陣式だあ。といいつつおとうさんはフライパンを頭上で振り回し、奥さんがはしっこでオタマなんかを振り回す。えいえいオウー。

今はキャンプ場のすぐとなりまでクルマで乗り付けられるようになったところが多いから、テントサイトにスーパーで買ってきたダンボール箱をそのまま積み重ねることができる。サービス競争過剰でテントサイトに水道の設備ができているところもある。電気も引き込まれていてプラグを差し込むとテレビも音楽も可能だって。

こういうサービスがあんまりいきすぎると、普段家の台所でやっているのをそのままキャンプ地に横移動させただけのハナシになって「なんだこりゃ」の気分だ。

やはり「焚き火」という普段家ではまずやれない原始生活が重要になる。

でも近頃、行政によってはキャンプ場にあらかじめ大勢でできる公営焚き火場のようなものを作り、各自そこでやりなさいと設置場所限定のところがやたら増えてきた。大地の上でそのまま火を燃やすと大地が傷つき「地球をいじめる」ことになるからだ、という近頃にわかに出てきた理由だ。しかしこれもスケールによるわけで、それに比べたらゴルフ場などは広大な面積の大地をわけのわからない複合ケミカル薬品によって草の生えない大地にしちまっている。そっちのもっとスケールの大きい土壌汚染のほうは見て見ぬふりなのだ。調べていくと日本というのは本当に質のわるい拝金主義者の権化の集まりで、こういう大規模汚染には目をつむり、家族キャンプの「ともしび」みたいな、年に一度あるかないかの庶民のささやかな楽しみを規制している。

庶民のささやかなこの楽しみ、自分の火で野外の焼き料理を作る、ということで最近よく目にするのは下水などの工事でつかうコンクリートの「U字溝」が出まわっていることだ。あれは、みんな下水やドブに使用しているコンクリート溝である。

それを利用しているにすぎないのだが上に鉄の棒や網をしき、持ってきた食品を焼く。これが日本の一番ポピュラーなバーベキューだ。さあどんどん食っていいぞう。次々に焼くからな。

おとうさんはさらに張り切り、U字溝の上に置いた網で火をたき、たいてい何の方針もないまま買ってきた食材を網の上にどんどんのせる。当然どんどん焼けるけれど相撲部屋じゃないんだからそんなにどんどん食えるわけはない。最初のうちこそ「おいしい」だの「うまい」だの「熱い」だのといろんな反応があっておとうさんも満足だけれどそんなにやつぎばやには食えない。肉などすぐに火がとおるからたちまち生産過剰になり、網の端のほうに避難蓄積される。

それでもイキオイに乗ったおとうさんはさらにどんどん新しいのを火の上にのせる。

「さあ、次はマイタケだぞ。さっきここに来るときスーパーで買ったとりたてのマイタケなんだぞ。東京じゃ高くて手に入らないんだぞ。さあ食べて、いま食べて、すぐ食べて。じゃんじゃん食べて！」

なかば強制的に各自の皿の上にのせられる。気がつくとU字溝コンロの上は焼きすぎてもうどうにもしょうがないカラカラの焦げた食い物の残骸になっている。

こういうドブ溝バーベキューじゃなくて、小さな焚き火を作ればもっと楽しいんですぞ。

まず海岸にころがっている小さな流木を集めてくるところからはじめる。キャンプ地は個人の焚き火にうるさいから名もないような小さな海岸をさがすのがポイント。海岸にはいろんなものが落ちている。そういう「燃えるモノ」を小さな子に教えてあげるのが最初の第一歩。

流木だけじゃなくて魚網のきれっぱしなんかでもいい。小さな焚き火はだんだん大きくなっていくが、ほどいいところで「じか火」バーベキューを開始する。いちばん大切なのはアルミホイルです。

食べ物はスーパーで買ってきた魚、肉、練り物、野菜とこちらもなんでもいい。それぞれそんなに大きくなく沢山ないほうがいい。

手順はまずアルミホイルの内側にバターやサラダ油をぬってそこに各自好きなものを置いててていねいに包む。自分で準備したものを自分で焚き火の火の中にいれてずっと様子を見ている。モノによってはたちまちいい具合に焼けてくるからこの「ちゃんと見ている」というのが大切ですね。

たとえばハンペンなんかずんずん焼ける。二〜三分（置いた場所の火力でちがう）でひっぱりだし「ウッホッアチアチ」などといいながらアルミホイルを広げるとふくらまってところどころ焼けあとのついたハンペンが出てきます。その上に醬油をさっとかけるだけでずいぶんおいしい。

魚の切り身やソーセージ、肉や野菜、なんでもこの方法でおいしく焼けます。ジャガイモなどは少々時間がかかるけれど、ほどよく焼いたのをホクリと割って湯気がたくさんふきあがってくるところへバターや塩や醬油など好みの味をつけるわけです。

道具（炭はさみみたいなもの）をうまく使えたら三歳ぐらいの子でも自分のものを自分で焼いて食べることができます。アウトドアのおとうさんは最初はちょっと不満顔でも、自分の食べたいものを自分で焼いて食べることができた子らの笑顔を見たら、おとうさんだって「もう何も文句ありません」状態になりますよ。

南米チャンコ、最高でーす

むかしから「かつおぶし」を愛している。そのかつおぶしに関係したちょっと文化人類学にかかわるようなまじめな取材旅でモルジブに行ったことがある。

琉球《りゆうきゆう》の近代歴史に関する本を読んでいたら大和《やまと》朝廷に琉球から「かつおぶし」の献上があった、と書かれていたのだ。かつおぶしは江戸時代に、それこそ江戸の人が干したかつおに黴《かび》をつけて干して、をくりかえし今のかちんかちんに硬いかつおぶしにした、というのが定説で、ぼくはそれを信じていたのだが、それよりもずっと早く琉球がかつおぶしを作っていたなんて……と頭がこんがらがった。

調べていくと琉球が献上したかつおぶしはモルジブで作られたもので、当時交流していたアジアの海域流通ルート（いわゆる海のシルクロード）でモルジブから琉球に入ってきたらしい。なるほど本当にモルジブではかつお漁が産業のひとつという。

で、現地に行ってかつお漁の船に乗りぼくもかつおの一本釣りをやった。そして自分で釣りあげたかつおをその場で素早く三枚にオロシ、持っていった醤油をつけて食っていたら、漁船内がしんとしている。まわりをみると真っ黒なモルジブの漁師たちが十人ほど、いかにも原始的なやつがかつおをナマ食いしている！　というようなオドロキの顔で遠巻きにぼくを見ているのだった。

あとでわかったがモルジブでは魚を生で絶対食わない。食ってはいけないものと考えられているようであった。そういうなかでぼくがやっていたことは、たとえば日本でそこらにいるネコを捕まえてその場でバリボリベリボリとネコを引き裂き生食いしているのを見たような衝撃だったらしい。

とんだ見世物を演じてしまったのだが、当初の謎はとけた。モルジブのかつおぶしは黴をつけて硬くする技術はなく、わたしたちの知っている「なまりぶし」までをつくっていたのだった。

ま、そんなことのアレコレも関係したのだろう。若い頃、一カ月から二カ月ぐらいかけて外国の辺境地を移動する旅のときの、食の必携品目の主役は「かつおぶし」だった。それにマルタイラーメン（九州のほうのメーカー。ソーメンみたいに棒状になっている）に浅草海苔《あさくさのり》だ。浅草海苔は十枚ずつ真空パックになっているのを二十束ほど持っていった（二百枚になる）。海苔は押して薄くして四角いカンカラにいれておくとシケたり崩れたりしない。かつおぶしはあの硬いのをそのまま一本。使うときはナイフで削って文字どおり「削りぶし」にする。

そうだもうひとつ。大事なものを忘れていた。一番は「醤油」だった。一リットル入りの水筒に入れて持っていった。

これらがあれば現地の食材で何が出てきてもリッパに〝勝負〟することができた。その頃知ったが、質の差をどうこう言わなければ世界のだいたいの国でコメは手に入る。あれはちゃんと保存しておけばいつまでも使えるし、鍋と水と火さえあればたちまち腹もちのいい主食になるエライ奴《やつ》なのだ。

かつおぶしはスープのダシの基本にした。鍋の底にかつおぶしの一端をつけて片一方をしっかり摑《つか》みナイフでどんどん削る。南米を旅しているときこのかつおぶし削りをやっていたら通訳のボリビア人が「それはなんの木か？」と聞いた。スープ作りはぼくの係だったので毎日それをやっていたから不思議に思っていたらしい。

「これは〝味の木〟といって日本にはよく生えている。こうして削って沸騰させると、いつものあのおいしい味が出るんだ」と言ったら本当に信用していたようだ。旅が終わる頃、日本に対して間違った認識を持ってはいけないと思って正しい話をしておいたが、彼はあの硬いのが魚であるとはむしろ信じなかったようだった。

ダシがとれれば仕上げは醬油味で、その土地でとれる野菜や穀物なんでもうまいスープになった。

時々肉や骨からとるダシのスープを作ったが、新鮮なサッパリ味がよほどおいしかったのかかつおぶしによる和風スープのほうが評判がよかった。

安い肉をダシ醬油で煮たものも評判がよかった。これは皿の上に海苔をしいてごはんをのせる、その上に醬油煮の肉をのせ、注意深くまるめてゆるい手巻き寿司と海苔むすびの中間くらいのオニギリのようなものを作らせる。自分で巻いたり丸めたりして食うのだ、と教えた。南米人ははじめて見て触れる海苔の扱いに困り、最初のうちは両手を肉汁だらけにして困っていたがやがて慣れるとこれも好評だった。

でも一番ぼく自身もうまいと思ったのはラーメンとごはんと野菜のごった煮だった。これは大きな鍋が手に入ってからやるようになった。ダシは羊のことが多かった。骨つきのクズ肉をけっこう長い時間煮込んで羊スープを作る。ここにありあわせの野菜（瓜《うり》のたぐいが多かった）をいれ、やわらかくなったらマルタイラーメンに付属しているダシ（トンコツ味）を何袋かいれ、醬油とコショウも少しいれて味にアクセントをつける（考えてみると肉とトンコツと醬油のあわせだしはいまの人気ラーメン屋の主流ではないか)。

日本では骨つきの羊肉などまず手にはいらないから基本はデタラメ料理だ。いや羊の代わりに骨つき鶏肉《とりにく》をいれたらこれのややおとなしい水炊き(鶏鍋)のようなものになったろう。

全体がぐつぐついってくるとマルタイラーメンとごはんをいれてさらに煮込む。鶏卵があればここに三～四個いれるともっとコクがでるし派手になるだろうなあ、と思ったがニワトリはあちこちでみるが卵売りの人はいなかった。

さてなんとも正体不明の南米チャンコ鍋みたいなものができたが、これが最高に人気があった。

そもそもごはんとめん類を一緒に煮る、という発想がないところだったから、我々をサポートしてくれていた連中はこの鍋をつついてみんなで歌などうたいだし、いたく感謝されたのだった。

冷し中華、決断のとき

世の中が暑くなってくると昼食などは軽く麺でいきたいなあ、などという人が増えてきます。暑い季節には「冷し○○」という季節対応麺がいっぱい出てきます。「冷したぬきそば」などよくまあかろやかに考えてくれたものだ、と感心しますなあ。この「冷したぬき」が出てきてくれたおかげで「冷しキツネ」も臆せずに出てこられるようになった。

「冷したぬきそば」の本家親分格である「冷し天ぷらそば」というのがあるのかどうか。今はなんでもアリの時代だからわりとフツーに存在しているような気もするが、ぼく自身あまり見たことはない。天麩羅《てんぷら》セイロなんかでしょうかねえ。

もともと日本そばの基本は熱いのと冷たいものの境界がはっきりしていた。

もっともシンプルかつオーソドックスなのが「もりそば」「ザルそば」で、これはもういったんギリギリまで茹《ゆ》でてすぐに冷たい水にさらし冷たいタレで食べる。できあがったところから「へい、おまちっ」ってすぐ持ってきてくれるのが江戸前っぽかった。

ファミリーレストランなんかで半分眠ってたようなあんちゃんが、「こちらもりそばでよろしかったたれすか?」なんて自信なさげに小さな声でゴニョゴニョ言ってくるのとは大違いだ。もりそばを頼んだのだからもりそばでまったくヨロシイんだけどそんなものいちいち確認することかよ。

「えと、こちらモリソバになります」

という過去形か進行形かよくわからない言葉づかいもすっかり定着しちゃった。でもあれやっぱりヘンだよなあ。

スイカもってきて「こちらモリソバになります」っていうんならスイカがテーブルの上でどのような過程をへてモリソバになっていくのかしっかり見届けたい。スイカがみごとにモリソバになったら拍手をさしあげたい。チップだってさしあげたい。

で、えーと、なんだっけ。アツアツメニューがどこまでヒエヒエメニューに季節転身していけるかという話だった。

本書の冒頭にもかなりイカリながら語ったが、ここでもさらに言及しなければ気がすまない。夏の冷しもの、の王様といったら問われて名のるもおこがましいが「冷し中華」でござんすよ。

「冷し中華はじめました」のポスターが張られるのを民衆は今か今か、とどんなに期待して落ちつかない日をおくって待っていただろうか。

あれをみると世の中いよいよ本格的に夏になったんだなあ、ということを確信する。

でもよ。コトバ乱れるけれど「冷し中華」好きとしては、これはもはや永遠の謎に近くなっていることだが「どうして冬もそのまま冷し中華をだし続けないのか！」というイカリのこもった疑問はいまだ解決されないままだ。

まあ暑くなったから冷し中華というのはわかる。しかしたいてい食っているのは店のテーブルの上だ。冬に冷し中華を作ってはいけない、というルールがあるのかどうか。冬に出てきたって食ってる場所は暖かいんだから冷し中華食ってそのまま風邪《かぜ》ひいて寝込んだなんていう人がいたら会いにいって確かめたい。そういう人はマフラーして外など出ずに家でアチアチのタマゴ入りおじやなんぞ食っていればよかったのだ。

つまり、食う側にとっては「うまいもの」は季節や暑さ寒さがどうなろうとあまり問題はない。だいたい暑い日に冷し中華をくったからもうすっかり全身涼しくなっちまって、なんてあまり聞かないものね。

次に中華料理店側の意見を拝聴したい。

冷し中華を作るには季節によって厨房《ちゅうぼう》になにかさしつかえのようなものがでてきますか。

これはいきつけの中華料理店のマスターに聞いたものだ。

「えと、そうすなあ。具とスープの変化に気をつけるくらいでさして大きくかわるところはありませんな」

そおーれみろ。

作るほうだって別段大きな問題は生じていないのである。推察するにただ世間がなんとなく冷し中華の季節はおわりになってきたようだな、という程度で作るのをやめているようなのである。しかし中華料理店は世間をあまり気にすることはないのである。ならばもっと大事な顧客の希望、願いを気にしたらどうなんだ。

そんなことを言うなら夏になったら天津麺《てんしんめん》とか固焼きそばにあちあち五目煮のトロミかけ、なんて面妖なメニューは見るだけで暑くなるから外していただきたいし、木枯らし吹く季節になるまでどこかにしまっておいてもらいたい。要するにポリシーが一貫していないのである。

「あついもの」と「つめたいもの」の好みは人によって様々だ。そのへんうまく人心をとらえていたのが「さぬきうどん」のセルフ立ち食いだ。少し前までは四国の香川、とくに丸亀《まるがめ》あたりにいかないとあのスピーディーでおいしいトッピングを主役にしたようなうどんは食えなかったが、いまは内地のいたるところにあれが進出してきた。「ひやあつ」とか「あつひや」とか「かまたまやま」（釜揚げうどんに生タマゴ、トロロかけ）なんていうある種〝専門用語〟が都内にとびかうようになって、熱いもの冷たいものなど人間の好みが優先するから関係ない、ということがはっきりしてきた。こういう事態を見て冷し中華業界はそろそろ深くかんがえるべきところにきているのだ。

たびたび書いているがこの十年ほど、毎月一回（毎月ですよ）魚を釣りに親父《おやじ》仲間十五人ほどでキャンプ流木焚き火旅をしているが、ひるめしは常に日本そばのアチアチヒハヒハ死に辛メニューである。いまは茹でてある日本そばが簡単に買える。それを水で洗いタレはラー油どっさり、トウガラシにかんずり、ひどいときはタバスコなどを一〜二本ドバドバいれたタレをつけて食う。これ春夏秋冬全員もれなく「うまいよう！　ヒハヒハあうまくてうまくてくるしい、しかし辛いしかしうまい。しかし辛い」と悶絶《もんぜつ》しながら喜んでいるのである。

カライ〜!!

夏果物決死のざくざく皿

だいぶ以前からパイナップルは安すぎるのではないか、と思っていた。物価高のおり、何を言っている！　と、なにごとも賢いおかあさんにたちまち怒られてしまいそうですが、リンゴとか柿なんかと比べてパイナップル本体はあくまでも大きくずっしり固太りで、葉っぱなども堂々としていて果物の王様と称したいくらいだ。

まわりを取り囲む皮も「果実」という部門にいれるにはちとさしひかえなければいけないような念入りの重厚さで、全体の重さだってあれだけ正直なズシリ感の果物はあまりないいじゃないですか。

見てくれがこのように重厚なのに皮は包丁であっさり簡単にむけるくらいでちっともえらぶったところがない。それでまあ食べるところも沢山あって、デザートに豪華パイナップル丸々一個などと言われるとちょっとひるみます。ま、そんなことまずないけれどね。

けれどあのように生のよく冷えたパイナップルが世の中に現れるようになったのはけっこう最近で、ひとむかし前はパインというとかなり大きな缶詰にほどよい厚さに切られて真ん中に穴をそろえて整列していたものです。ちょっと濃い感じの甘味のついたシロップがヒタヒタとあって、あのときからなんとなくこれは缶詰果物界の王者、という風格があったじゃありませんか。

あのパインの缶詰にくらべたら「みかん」の缶詰などの貧弱なこと。おまけにどのようにしてやるのかみんな薄皮をはがされたハダカでこみあっていて、なんか夏休みの格安遊園地の幼児用プールみたい。

あのハダカにするのには薄皮をなくしてしまう薬品が使用されている、と前に聞いたことがありますが本当かどうか。かといってパートのおばちゃんがまるくなって「こないだのテレビドラマ、やすらぎの郷《さと》のさいごのとこいかったたねえ」なんてみんなで話しながらひとつひとつ指でむいている、という状態も想像しにくい。

外国で洋ナシ、リンゴ、イチジク、サクランボぐらいの缶詰を見たことがありますがいずれもあまり食欲をそそられなかった。

やっぱり果物は新鮮なナマのやつがいい。

で、何度もいうようですが、パイナップルのあの堂々たる大きさ、風格、ボディープロポーションからいってやはりあれは対比的に不当に安すぎるような気がする。そんなに安い、安いと褒めちぎるなら半ダースぐらい買っていったらどうよ、と近所の果物屋のおばさんに言われそうだけれど、あれは大きくて立派すぎて冷蔵庫には一ケ入れるのがせいぜい。それと夏の季節のパイナップルは冷蔵庫でこころから冷たく冷やしておかないと存在感がそうとう薄れるのですよ。果物界の王様はそれなりに気をつかわないと。

しかし、果物界の王様とさっきからしきりに言っているけれど、むかしからの本当の王様をわすれないでもらいたい！　とマスクメロンが言っているのです。お中元なんかで貰うマスクメロンは桐《きり》の箱の中に薄紙などをまとって入れられているのが普通で、我々はパインを語っているあいだについつい真の果物の王様をうっかり忘れてしまったようです。有名果物店のマスクメロンといったらたいていそのような薄絹をまとって桐の箱にうやうやしくおさめられていて、けっして丸ハダカのスイカの隣なんかでは見ない。住んでいるお屋敷が違うのです。それでもって家にマスクメロンがあると、家族全員が「それをいつ食べるのか」ということをひそかに気にしています。マスクメロンは「熟れ頃」というものがあって、賢いおかあさんはそれをちゃんと見ている。桐箱のどこかに秘密の暗号が書いてあるのです。

で、よく冷えたこれを食べるときというのはそれなりに緊張しますな。結婚式のデザートなんかに出てくるときは、どのあたりまでほじっていくのが世間の許してくれる深度なのか。あまり上のほうだけを軽くこそげておわりにしてしまうと「んまあ気取っちゃって」と言われかねないし、メロンの皮のまだ結構甘くて嚙みごこちのいい領域まで進んでいってしまってついスプーンが皮を突き破ってしまった、というときなどは想像するだけで恐ろしい。左右、正面の客の食べ方とそのスピードというものを考慮していくのがいちばん安全です。

ドイツでもよくマスクメロン系が出てきますが、たいていその上に薄切りにした生ハムがのっかっていて、これをドイツ語で「ナントカカントカシンケン」というのです。シンケンという用語だけはしっかり覚えています。まあ、食後のマールやグラッパなどの強いカストリブランディなんかにあうようです。

しかし日本的じゃありませんな。

日本的に考えると柿の上に薄く切ったベニショウガなんかのせる、という感覚でしょうか。

パイナップル絶賛からはじまったこの話も、さしたる議論もないうちにマスクメロンの貫禄《かんろく》にまけてしまったみたいでどうも悔しい。

そこで、この暑い夏に家でできるゴーカ夏フルーツザクザクもりあわせ、なんてのを作って深皿にいれテーブルの上にどさっとだす、というのはどうでしょう。

この場合、マスクメロンはたちまち下賤《げせん》の果物にあのやわらかく甘いところをこそげとられてしまいそうなのでどこかに逃げていっちゃう。で、やっぱりこういうときはナンバー2のパイナップルがリーダー然として果物ザクザクの中でめだっていくのです。

おいしいのに、大きいのに、あくまでも控えめなパインを主役にするところにその家の品位が出てきます。パインファーストの理念をわすれてはいけません。小さく切った夏果物を大きな木のスプーンで三〜四回ゆっくりかきまわし、さあみなさん夏を楽しみましょう、なんてワンピースの奥さまが言う。そうだ冷蔵庫で自動的にできる角氷なんかをまぜてもいいでしょうなあ。

しあわせの「ソーメンパーティ」

この夏にアメリカ在住の娘が二カ月ほど帰国していた。彼女はニューヨーク州の弁護士をしているので、夏の帰国といっても自宅には泊まれず事務所が指定している都内のホテルに泊まっている。数人のアメリカ人弁護士と来日しているが、ああいう仕事をしている人は朝八時からホテルのロビーでミーティングなんてのを平気でやるから、自宅に帰ってゆっくり、などということはできないのだ。

ところでこの八月に近くに住んでいるぼくの孫二人が誕生日を迎える。日は少し違うが二人一緒にお祝いしよう、ということになり、忙しいわが娘も休みをもらって誕生日のファミリーパーティに参加することになった。

家族がそろって顔を合わせるのは何年ぶりだろうか。孫たちが小さい頃はわが家によく遊びにきていたが、学年が進むにつれていまどきの小・中学生はクラブの合宿だ練習試合だお稽古だ、とかなんとかあってびっくりするほど忙しい。

やっと全員顔を合わせられる日がみつかりぼくの家に集まった。子供らの両親にはわからないようだが、じいちゃんの目からみるとみんなびっくりするほど大きくなっている。

どんなバースデイ料理にしようか、妻と娘と子供らのおかあさんが相談した結果、季節柄もあるしみんなでワイワイ大騒ぎしながらおまつりみたいに食べられる「ソーメン」がいいのではないか、ということになった。ニューヨークにはソーメンを食べさせてくれる店は一軒もない、という娘の弾む声の賛成意見もあってすんなりきまった。

わが家ではソーメンにいろんな具を添えてそれで各自好きなように食べるのを「ソーメンパーティ」と呼ぶ。特別な日のソーメンなのだ。

その具だがぼくが作っているわけではないので曖昧だが、思いだすままに書いておくと、まず薬味部門では基本のネギの小口切りを代表にショウガ、ミョウガ、しそ、煮たシイタケ、アブラアゲ、ベニショウガ、ベーコン、ハム、焼き海苔、タマゴヤキの「細切り一族」がどさっ。あっ忘れていたツユは「コンブとかつおぶしとしいたけ」のあわせダシと「鶏」のだしの二部門で、前の日に作られて冷蔵庫でヒエヒエになっている。両者ともに薄い味にしてあるので、ぼくはひとつの汁椀《しるわん》に一個の割合でウメボシをいれることにしている。タクワンも最近定番になりトマトは常連。コンブ好きな子もひとりいるのでこれらもオプションで用意される。

テーブルを囲む人数を書き忘れた。大人は五人。子供は三人。誕生を祝われるのは二人である。

子供用という含みもあるのだろう。小さく切った肉スープも「洋風だし」部門として定着した。この日は刺し身をはじめとした魚部門には出番がない。

あっそうだ。以前シラス干しとアナゴの白焼きを用意したことがあった。ソーメンとどのように組み合わせるか困っている顔があった。

この「ソーメンパーティ」はまずなんとなく箸をもって迷いながらも、まずは自分好みのだしを作りソーメンをツルツルやりだすところから自動的にはじまってしまう。

夏の夕暮れである。ソーメンとはあわないがぼくはやっぱりどうしてもビールを飲んでしまう。家族が何年に一度かで揃うのだからそれは、この小さな一族を守る上でも大事な風景だ。もっとも最近は「じいじい、椅子から落ちそうだよ」とか「ツユこぼさないでね」などとアレ？　おれもしかするといまや家族の子供らに守られてる状態になってるのかなあ、などと思うようになった。

つい最近、室内にいて老人性熱中症になったばかりだからなあ。

ぼくと妻で作った目下のこの一族は、もしかすると今が一番いいときなのかもしれないなあ、などとその日ふいに思った。

それというのも最近、ぼくがライフワークとして書いていた私小説の第六巻が出たばかりだったからだ。

最初のころは約三十年前、その誕生日を迎えた二人の孫の父親（つまりぼくの息子、長男）をモデルにして『岳《がく》物語』（集英社）という私小説を書き、それは何年かの年ごとに書きつづけられ、いつのまにかロングセラーになっていった。

そうして四日前にそのシリーズの冒頭の部分を書いた『家族のあしあと』（集英社）が刊行された。ぼくの子供の頃のことをそのシリーズの最初の舞台として書いたのだった。

新聞に出た広告を見てびっくりした。累計四百七十万部も出ていたのだ。

その新刊にはぼくが子供の頃の家族のことを書いている。父親と母と五人の兄弟と居《い》候《そうろう》の叔父《おじ》さんとねえやがいたので食卓はいつも賑《にぎ》やかだったが、父は明治生まれで公認会計士という堅い仕事をしているためなのかいつも無口で笑いがなかった。戦後まだ間もない頃で、食卓にはいたって貧しく寂しいものしかなかったし、笑いなど殆どない粗末な夕食はくたびれるだけだなあ、と思ったものだ。

いまはぼくが、その仏頂面をしたむかしのわが父親の位置にいる。でもおちゃめな孫娘によってぼくの顔にタンザク切りの太い海苔でもってなさけないドロボウ髭《ひげ》など描かれている、威厳もへったくれもないじいじいだ。

でも、そういうことができる家庭。食欲と笑いの合わさったこんな一族を作りたかったんだなあ、とぼくは出来上がったばかりのその自分の小説を読みながら本気で思ったものだ。ねがわくば、この家族がみんな顔をそろえての「ソーメンパーティ」をいつまでもつつがなく続けられればいいなあ、というささやかな望みがある。一人暮らしをしているアメリカ国籍になってしまった娘が「いいなあ、こんなに誰が何をしているかわからないホームパーティっていいなあ」と言っている。ぼくとは違う思いで言ったのかもしれないが、少なくともその日はささやかにみんながシアワセの日であった。

真夜中のかけらピザ

学生の頃、六本木《ろっぽんぎ》で深夜のアルバイトをしていた。この野暮天《やぼてん》が、と信じられない人がいるだろうが六本木の夜のアルバイトといったって今の黒服ではない。アルバイトとしては世界共通、古典的な「皿洗い」をしていたのだ。夜八時から朝四時まで。七〜八人の学生が毎日二〜三人のシフトで働いていた。

みんな昼の授業があるから二日おきぐらいしかこられないのだが、別に綿密なシフトが組まれていたわけではなく、その日の個々の都合で集まってくるだけなのに不思議と二〜三人という適正人数になっていた。

一九五〇年代だからピザを知っているひとは日本にあまりいなかったように思う。ピザレストランという名もそういうところから名づけられたのだろう。店の名は「ニコラス」といって、当時東京では芸能界とかその周辺の人々が集まる店として有名だった。朝がたまでやっているそのような店はその頃東京でも少なかったのだ。

しかし皿洗いのアルバイトには有名もなにも関係ない。皿洗い場は地下にあり、店の横手にある目立たない階段を降りていき、地下室へのドアをあけるとトマトとチーズとタマネギの混じったような匂いが強烈だった。

アルバイトがまずやることは、着替え室に行って、服を着替えるよりも何よりも長靴置き場に行って内側が濡《ぬ》れていないのを探すことだった。皿洗いの仕事は昼間は店の従業員（それも下っ端）がやっている。五時間も皿洗いをしているとたいてい長靴の中に水が入ってくる。冬など濡れていない温かい長靴を探すのは難しく、きれいに乾燥している長靴を見つけると宝クジにあたった気分だった。

たいてい濡れぐあいの程度によって我慢するしかない。あまりにも濡れていると新聞紙を中敷きのようにして対応するしかなかった。地下室はいつも冷えているからいい状態の長靴を探すのにバイト同士でちょっとしたこぜりあいなどもおきた。

地下にはパウロさんというイタリア人の菓子職人と日本人のその奥さんが常駐していて主にチーズケーキを作っていた。

洗う皿は一～二階にある客席のフロアから五十センチ四方ぐらいの大きさのリフトにのせられて降りてくる。ピザ用の皿とサラダ用の木の丸ボウル、それにナイフとフォークで、ワイングラスはその道のプロが客席のバーで洗っていたようだった。リフトの中に山積みになっている皿は空のもあればまだ半分ぐらいピザが残っているのもある。ぼくがピザというものを直接見たのはそれが初めてだった。食べ残しだからもうみんなすっかり冷たくなっていたが、二十歳前後の学生にとってこれはまさしく異国の芳《かぐわ》しい匂いであり風味であった。

まだ皿に食べ残しが残っているのが洗い場におりてきたものは皿洗いが食べてもいいことになっていた。ぼくが人生で初めて食べたピザはその客の食べ残しの六分の一ぐらいになったカケラだった。でも学校に行ってあまり正確には言わず「おれピザなんか結構毎週食べているよ」と言っても嘘《うそ》にはならなかった。でもそう言うまわりの友達はみんなぼくと同じヨレヨレの文無しだから基本的に信用していなかっただけだ。悔しいのである日それらのかけらを数枚新聞紙にくるんで学校に持っていって「これがピザだあ」と言ってふんぞりかえったことがあった。

「これがピザというものかあ」

と素直に感心する者もいたし、

「どこで盗んできたんだあ」

とひねくれたことを言うのもいたが、そういう奴もけっこう嬉《うれ》しそうにむさぼり食っていた。

夜一時頃に弁当が出た。アルマイトのドカベンタイプのものだ。常に水いじりの仕事だから弁当箱を持つと冷たくて手がジンジンした。

そのときに菓子職人のパウロさんが「フライパンを貸してあげるからその冷たいゴハンを炒めるといいよ」と教えてくれた。ついでに油とタマネギもくれた。

夜更けにたっぷりのアツアツチャーハン。これは客の食べ残しピザよりもはるかにうまかった。パウロさんはみんなのをあわせて大量にいっぺんに炒めるよりも一人ずつの分量で丁寧にやりなさい、とプロのコツを教えてくれた。

でもあるときぼくはうっかり醬油を沢山いれすぎてしまい、しょっぱくてとても食べられないものを作ってしまった。泣きながら（気分がね）パウロさんに窮状を訴えると「そういう時はタマネギ半個ぐらいをみじん切りにしてまぜると味が全体に薄まり甘味が出ておいしいよ」と緊急対策技を教えてくれた。

そのようにやると、醬油味が薄まるのと同時に全体の量が増えるという驚くべきヨロコビの結果となるのを発見した。

日本人の奥さんは地下の皿洗い学生などにいちべつもくれなかったが、パウロさんは時々妻の目を盗んでぼくたちにちょっと失敗した型崩れのチーズケーキなんかもくれた。チーズケーキを食べたのも地下室のそれが人生ではじめてのことだった。逆上コーフンする旨《うま》さだった。

四時にアルバイトの仕事もおわり長靴を上下ひっくりかえしてタイムカードをおし、田町《たまち》駅か浜松町《はままつちょう》駅のどちらかに歩いて行った。

まだ路面電車もバスも始発前だったのだ。新聞紙に包んだピザをかじりながら夜明け前の東京タワーの下をとおるとき、後ろからきたパトカーに呼び止められた。

若い奴が深夜三人、何でこんなところにいるのか、という職務質問であった。

ぼくたちは正直にありのままを答え、その証拠でもないけれど新聞紙に包んだピザパイのかけらの山を見せた。

警官二人はなにやら話をしていたが「そうか。学生アルバイトか。じゃ田町駅まで乗っていけ」と驚くべきことを言った。

パトカーをタクシーがわりにしちゃったのだ。それからというもの雨の日やひどく寒い日に何度も後ろを振り返りパトカーがやってくるのを期待したものだった。東京オリンピック前のいい時代の東京の話である。

絶品！　ぼたん海老の殻スープラーメン

二十年ぐらい前に、小樽《おたる》の先の余市《よいち》という小さな町を眼下にする山林を買ってそのてっぺんのあたりを横に切るようにして五百坪ぐらいの平地にし、そこにかなり頑健な山荘を建てた。まだ若かったので、いずれ歳をとったら東京を離れてヘミングウェイのようにそこで第二の人生をおくろう、などと考えていたのだ。

ぼくの仕事は原稿用紙とペンがあればどこでも可能だから、そういう生活に憧れていたのである。でもまったく編集者やその周辺の人と触れずに仕事をするなどということは現実的でなく、山荘を建てたのはいいが年に三〜四日ぐらいで数回行くのがやっと、というのが現実だった。さらにトシをとってくるとだんだん長距離を移動するのが億劫《おっくう》になってくる。

とくにそういう山の上は冬の雪の季節が風景抜群。石狩《いしかり》湾をそっくりみわたすことができるのだからバブルの頃でもあり、つい調子に乗って作ってしまったのだ。

しかし本当の雪国の生活を知らない者にそれは甘い夢だった。なにしろ北海道である。雪が半端ではないのだ。山の上に家があるのだからなおさらだ。そこにいくまでループ状になった道を作った。二百メートルぐらいの私道だがここにもじゃんじゃん雪が降り、そして積もる。クマじゃないから家の中でずっとじっとしているわけにもいかず、食べるものなど買いに町にでなければならない。しかし四十～五十センチも雪が積もると、ラッセル車などないと通常のたとえ四輪駆動車でも登り降りはできない。

近くでそういうラッセル車を持っている果樹園経営者に頼み、ラッセルしてもらえることになった。といっても結構時間と労力がかかる。一回のラッセルで一万円、ということで話がついた。けれど本格的な雪のシーズンになると山荘に上がるのにラッセルを頼み、夕方前に食料の買い物に町に出ようとするともう四十センチぐらい新たな雪が積もっているのだ。家に出入りする二百メートルに往復二万円もかかることになる。いやはや見通しが甘かった。

だから一番楽しみにしていた冬の山籠もりはなかなかできなくなり、雪のない季節しか利用できないことに気がついた。

それでも二十年のあいだ何回そこに行ったか。数えるぐらいしかない。北海道はやっぱり遠すぎる、ということにだんだん気がついてくる、という間抜けなことになっていったのだった。

そこで山ぐるみ手放すことにした。山荘といっても個人使用としては結構大きなものを作ってしまったのでそれなりに家財道具や生活用品などがいろいろあって、それらを全部処分しなければならず、妻と二人でこの晩秋に三泊四日、後片付けに行ってきた。全部片付けるから調理器具や食器まで知り合いの山荘に送ったり処理したりしなければならない。

でも我々はその家に三泊するのだから毎日三食なにか食べないとやっていけない。必要最低限の小皿とドンブリのようなもの、ナイフと小さなまな板ぐらい残してのサバイバル生活となった。ふだんわが妻はインスタントラーメンなどをぼくが食べていると口には出さずともケーベツの顔つきで見ているのだが、今度はコメを炊くのもできないし(小さなキャンプ用のナベだけ残した)パンやできあいの食い物が主力になる。二十年のあいだその町で世話になったいろんな人に挨拶に回る、という仕事もあった。その中のひとつに毎回必ず顔をだしてうまい北の海産物をおしえてくれた魚屋さんがあり、当然そこにも行く。いつも刺し身は必ず買うのだが、今回はごはんがないので別のものにするしかない。一日のおわりにビールなど飲むからその肴にボタン海老《えび》を買った。妻は飲まないからぼくひとり分でいい。ボタン海老は大きいから三匹にした。

さて、ここからが今回の大事な話なのだが、ボタン海老は身がプリプリしてかなり大きい。そしてうまい。いつもはかなり大きな頭とワタ、そして尾のあたりでダシをとった味噌汁にして翌朝食べるのだが、その日はスーパーで堂々とインスタントラーメンを買ってきてある。カップ麺ではなく袋いりのシンプルなやつ。「マルちゃんの醤油ラーメン」を買ってきた。で、その日はまずボタン海老の頭とワタと尾でダシをとり、マルちゃんのラーメンについている醤油主体と思えるスープを加えたラーメンにした。贅沢《ぜいたく》な「ボタン海老ラーメン」（ダシだけね）である。

これが圧倒的にうまかった。あまりのうまさに窓をあけて石狩湾にむかって「ウメーよう！」と叫び続けたかったほどだ。

叫ぶとキタキツネを驚かすだけだからいかにうまいかを妻に「どや顔」で自慢しまくった。テキはさして関心はなさそうで「よかったわね」で片づけられてしまった。

でもこの体験で思ったのは、カニとかエビとか貝などをおかずやサケの肴にするときはそれらの殻とかワタを使ってダシをとることだ。シジミなどもいいように思う。そうしてシンプルな醤油味にする。いや味噌でもいいか。インスタントラーメンを食べるときにそうするとまったく別ものの贅沢味になるのだ。

ぼくは旅に出るとひるめしはラーメンと決めている。あれは地域によって味の主流が決まっており、北海道は味噌ラーメンか塩ラーメン。九州はトンコツラーメン。日本海側は煮干しダシのラーメンが多い。ぼくはこの煮干しラーメンがいちばん好きで、東北への旅というとそういうのをやっている店をさがす。青森県などは煮干しラーメン王国だ。普通の煮干しではなく一匹ずつ丁寧に指で頭とワタをとって干す。そうするとこれもまた叫びたくなるほどうまいのだ。

ぼくの家は青森の下北《しもきた》半島の脇野沢《わきのさわ》から焼き干し（地元ではヤギボシという）をとりよせて朝の味噌汁のダシにしている。ボタン海老のときと同じようにしてそれでインスタントラーメンのダシをとれば家にいて煮干しラーメンを食えるのだ。また窓の外にむかって叫びたくなるかもしれないが、自宅でやると四方を家で囲まれている住宅地だからパトカーでもやってきそうだ。

東京一うまい新島の人間回転寿司

このあいだ伊豆《いず》七島の新島《にいじま》に行ってきた。あまり知られていないけれど武蔵野《むさしの》に調布《ちょうふ》飛行場というのがあって軽飛行機で大島《おおしま》、三宅島《みやけじま》、神津島《こうづしま》、新島を結ぶ航空路線がある。二十一人定員の双発軽飛行機が主力だ。

ぼくの家は新宿のすぐ西にあるので高速道路をつかうと三十分ぐらいでこの飛行場についてしまう。平地の駐車場にクルマをおいて小さな空港ビルに入って待っていると迅速な荷物検査があって気がつくと飛行機の中だ。

で、しばらくするとエンジンが回って気がつくと空の上、というか海の上だ。

この簡単さが気持ちいい。

アメリカの映画なんか見ていると短距離を結ぶこういう飛行場があちこちにあって、クルマを空港のまわりの空き地にとめて、とっとこういう飛行機に乗ってどこかへいく、という場面を見ると羨ましいなあ、と思っていたけれど、東京にもそういうのがちゃんとあるのだ。

二十年ほど前、ぼくは武蔵野に住んでいたので自宅からその空港までクルマで十五分ぐらいだった。だからよく利用した。朝一便に乗ると午前中にはもう島の静かで美しい海岸べりを歩いていたりできるのだ。

東京の人はこの伊豆七島という美しい島々にその気になればこうしてすぐ行けるのにわざわざ時間とお金をかけて沖縄なんかに行ったりする。もったいない。

で、まあヒトのことはどうでもよくて、ぼくは釣り好きの仲間とこうしてよく伊豆七島に行って信じられないくらい簡単にリッパな魚をたくさん釣ったりする。

ある年はやはり新島に行って堤防から釣竿を出したらサバの大群がやってきて四十センチぐらいのサバが入れ食い（竿を海中に落とすとすぐかかる）だった。ぼくたちは十人ほどでそれを釣っていたが、堤防からいとも簡単にでっかいサバが釣れてしまうのでみんな逆上しちまって「サバダバ、サバダバ、サバダバ……」と叫びながら一時間で四十本ぐらい釣りあげてしまった。

イキのいいサバをキャンプ地に持っていってすぐにさばく。アブラがのって見るからにうまそうだ。最初の五匹ぐらいは三枚にオロシたあと刺し身にしてそのまま「ヅケ」にした。ちょっと前に泳いでいたサバが醤油とだしとタカノツメと酒で作ったタレのなかにかさなり収まり、じっとうま味を生産しているのだ。

ほかのサバは刺し身方面と燻製《くんせい》方面に処理される。釣りたてサバの刺し身のうまいったらなんの。ごはんを炊いて酢飯にし、サバの手巻き寿司なんかも作った。全員うますぎるサバを食って食ってサバ死にした。


このときの喜びがわすれられなくて、この秋、我々はまた新島にむかった。

テントを設営しすぐに数年前の「サバダバ堤防」(正確にはもっと別の名前があるが我々はサバダバ堤防と呼んでいる)にまっしぐらだ。

しかしサカナというのはでっかい海を自由に泳いでいるから、そこに行ってもまたサバが釣り放題ということはない。釣り堀じゃないからね。

晩秋で天候は文句ありません状態だったが「おーいサバくーんまた来たからすぐさま堤防に集まるよーに」とみんなで叫んでも今回はまったく反応がない。まあ当たり前だけれどね。

しかし、そのうちにサバとは違うきれいでピチピチした魚が釣れはじめた。

シマアジであった。

アジの仲間だがアジよりもタイに近い平らで幅が広い形をしていて体の真ん中へんに

きれいな黄色い縞《しま》模様が入っている。高級魚で、これはなかなか魚屋さんには出てこない。大きさは二十～三十センチぐらい。サバにかわって今年はこの希少品種、高級シマアジの入れ食いになった。

今回は飛行機と船（前日の夜十時すぎに東京の竹芝《たけしば》桟橋を出航し、翌朝八時ぐらいに島に着く）を利用して東京から二十人も参加していた。この二十人の竿に美しすぎるシマアジが入れ食い状態になっていたのだから、今度は我々は「シマダバ、シマダバ……」と全員で叫びつつまたもや一時間で四十匹ほど釣ってしまったのだった。イサキという大きな魚もところどころでまじって釣りあげられた。これらみんな高級ブランド魚である。

仲間のなかには五人ほど魚の下処理（三枚におろして刺し身にする）の素早いのがいて、そしてなんと本物の寿司職人が一人いる。

我々の最初の晩はこのシマアジとイサキの握り寿司食い放題、ということになった。

寿司はふたとおりのものが作られた。

ひとつは普通の寿司。ひとつは「島寿司」という伊豆七島独特の寿司だ。

かるく説明しておくと魚はみんなヅケにする。ごはんは赤みがかった赤酢まじり。ワサビではなく洋芥子《ようがらし》を使う。

独特の風味があって、どちらも悶絶するほどうまい。たちまち二十人、じゃなかった十九人（一人は寿司を握っているからね）が押し寄せる。我々はキャンプ広場の大きな屋根つきの炊事場に集まっていた。そこににわかに新鮮この上ない寿司屋が開店したようなものだからたいへんな騒ぎだ。

そこで、みんなで少し落ちついてもっと整然と大人らしく食おう、という正しい意見がでた。ぼくはこの釣り集団の隊長なのだ。

隊長は言った（ぼくが言ったのだが）。「もうすこしオトナになろう。世の中には回転寿司というものがあるだろう。あれは寿司が回ってくるわけだが、ここではおれたち人間が行列を作って回転しよう。注文は一人一回一ケ。一ケ食ったらまた行列の後ろに。何度回転してもいい」

この「人間回転寿司」はうまくいった。

グルグルグルグル。すし種《だね》はいっぱいある。ごはんもいっぱい炊いた。シアワセな夜だった。

うどんすきの謎

大阪の知り合いから「うどんすき」のセットが送られてきた。嬉しいなあ。これは関東ではあまり見ないけれど関西ではわりあいよく食べている。

むかし（三十五年前頃だ）サラリーマンをしていた頃、関西方面で仕事があると梅田《うめだ》の阪神ホテルに泊まるようにしていた。最上階にレストランがあってそこのメニューに「うどんすき」があったからだ。ただし注文できるのは二人前からだった。その当時のぼくはまだ二十代前半で「うどんすきの二人前」なんてどうってことなかったからじゃんじゃん二人前を食べた。「うどん好き」だったからなあ。これモロにオヤジダジャレだな。

ひさしぶりに「うどんすき」を食べながらだんだんわかってきたのはこれはお正月の「おせち料理」の余った奴をうまく再利用しているのではないか。といううどんすきの隠れた出生の秘密であった。

ま、たいした秘密じゃないと思うので週刊誌なんかには出ませんね。でも本欄ではその疑問を追求したい。だって考えてごらんなさい。

「うどんすき」の内容物をつぶさにみるとクルマエビが赤くなっている。その隣にはダテマキが黄色くなっているし、カマボコが白くなっている。そうだお煮しめは慌てていろんな色だ。ハマグリはしまった！　といってじっと口をつぐんでいるし、主犯格のお餅なんかはじめからじっとうつむいていたな。

今回送られてきたセットの中には「きんとん」はなかった。最初にうどんすきを考えた人はさすがに「きんとん」を加えたらまずいんじゃないか、という節度というか理性がはたらいたんだろう。

うどんすきに対する疑惑のもうひとつは、あれはつまり「うどん」のスキヤキということを言っているんでしょう。

でも最初に言っておきますがぼくは「うどんすき」が好きなんです。でもいまのうどんすきに決定的に欠けているのは「生タマゴ割り」がないことです。

スキヤキといったら生タマゴをといた小鉢が手元にあってそこにほどよく焼けた具やうどんを入れる、というのが本来じゃあないのですか。ワタクシは忖度《そんたく》なしにそこのところを追求したいのです。

俳句にもあります。

「ときたまご　なしで　なんのおのれがスキヤキかな」

あっ季語がないですね。ま、インチキの俳句ですからね。


タマゴの中にうどんを投じているのは長崎県の五島《ごとう》列島の有名な「椿《つばき》うどん」です。この話は前にここに書いていたような気がするのだけれど、書いた当人が忘れているのだからまあいいでしょう。書いた当人がいうコトバじゃないですね。

それはともかく五島列島で有名なのは「椿うどん」で、これの由来は椿油がねりこんであるからです。そうするといくら長い時間茹でてものびないといいます。

ソーメンより太く、うどんよりも細い、という独自の路線をいくうどんです。

「地獄だき」という食べ方が基本です。ちゃぶ台のコンロの上の鍋でまず湯をわかす。煮立ってきたらそこにダシをいれて椿うどんを投入。それが煮えてきたら各自鍋に箸をつっこみほしいだけのうどんを手元の小鉢にいれる。小鉢のなかにはいまや遅しとタマゴがあってさ、そこにネギとかトウガラシなど入れて煮てさ、箸でからめて食ってさ、というコトになっていく。何かの食い方に似ています。そうそう、これぞまさしく「うどんのスキヤキ」じゃありませんか。これ、シンプルにうまいです。しかしこんなシンプルで悪意のカケラも感じない料理をなぜ「地獄だき」というかと申しますと、むかし腹をすかせた旅人がやってきたので、親切な島の人がこれを作ってたべさせた。

旅人は感激し「じごくうまい！」と何度も言ったといいます。

しかし、どこから来たのかその旅人の訛《なま》りがひどく、何度聞いても「じごくうまい！」と答えたそうです。もちろん本人は「すごくうまい！」と言っていたのでしょうが島の人には「じごくうまい！」と聞こえ、それから島ではその料理を「地獄だき」と呼ぶようになった、といいます。それにしても空腹の旅人はずいぶん訛りが強かったんですなあ。

長崎県のうどんというモノにはむかしから謎というか疑念というか、なにか素直にそうなんですか、と言いにくいものがある。

たとえば名物「皿うどん」についてちょっと考えてもらいたい。長崎にはこれと同じぐらい人気の「ちゃんぽん」というものがありますね。こっちのほうは食べればわかるとおりまさしく「うどん」です。よくわからないのは「ちゃんぽん」の本当に言いたいことでありますな。

関東では「ちゃんぽん」というとなにか他のものがまじっていることを言います。たとえばつまりうどんとソバがまじったものとかチャーハンとスパゲティのまじったものとかですね。でも長崎のそれはまさにうどんだけです。「まぜる＝ちゃんぽん」という疑惑を解かないまま「うどん」だけです。でも許せないのは「皿うどん」のほうですね。食べたことのある人はすぐわかるだろうけれど、あれはどうみても「うどん」じゃあない。はっきりいって詐称です。強いて言えば、これも関東訛り、東京訛りかもしれないけれど、あれは中華料理店でいうところの「かたやきそば」です。あれのあんかけです。

関東にはその一方で「やわらかいヤキソバ」というものがあって、両者はまったく別もののように思います。どちかといえばそっちのやわらかいやきそばのほうが本流でしょうか。長崎の識者にこのあたりの疑問をぜひ明快に答えていただきたい！　と思っています。

あとがき

辺境地と言われるところを旅していた時代がある。三十代の終わりの頃から四十代の頃だ。地図も満足にないところを地元の人に聞きながら進んでいくタンケンタイのような旅が好きで、いろいろなところへ行った。

はじめていくヨソの国の辺境地でまず最初に問題になるのは「食べ物」だった。少々のものは身についている。でも最低二週間ははじめていく場所に入っていくのでそんなに沢山の携帯食料はもっていない。

人が住んでいるところ必ずその人たちの食べている「食物」があるはずだから、という判断によってタンケンタイはずんずん行く。

ウルグアイの奥地グアラニー族の居住地に行ったときのことだ。熱帯の中州のようなところに住んでいる貧しい人々で、主食はワニとアルマジロぐらいなものだった。植物は椰子《やし》の種類の幼木からとれる芽パルミットというもので、ほかにはもう何もない。

そういう食物がとれるとみんな集まってきて共同で食う、という民主的な部族だった。あれはあれで美しい風景だったけれど、旅人はあれがいいあれはいやだ、なんて言っていられない。こういうとき「おなかがすいてハラペコ」状態が力になった。もうどんなものだって食うぞ、というのも力なんだなあ、と思った。

オーストラリアのネイティブ「アボリジニ」のところでは砂ガエル、ユーカリの木の根のあたりにもぐってるハマキぐらいある幼虫、砂トカゲ（長さ一メートルぐらいある）などというものが食料だった。砂トカゲがあんがいおいしかった。ここでもあれがいいあれはいやだなどと言っていられないから「空腹」になっていることが大事だった。

本書ではできるだけ家庭料理のテーブルの上の食物について書いていったが、そうではない食物のほうがぼくには書きやすいのだが読者には「読みにくい」だろうなあ、と思って遠慮してきた。いつか一気に世界の「すんごい」食い物の話をしたいなあ、と思っている。

朝陽のあたる綺麗なテーブルにて

椎名　誠

解説――シーナめしの正体

竹田聡一郎

世はグルメ時代だ。

食べ物や食事にからんだ映画やドラマ、漫画、小説、エッセイは汲《く》めども尽きない。どのコンテンツでもいいのでいくつか挙げてくれ、と言われたら、誰もが何かしらの作品やキャラクターが脳裏に浮かぶのではないか。

それくらい食のコンテンツは身近で親しみやすい。海原雄山《かいばらゆうざん》は実在しないのに食の権威として銀座《ぎんざ》の寿司《すし》屋で腕を組んでそうだ。いい感じの食堂や町中華を見つけると井之《いの》頭五郎《がしらごろう》がいないかのぞきこんでしまうのは僕だけだろうか。

その細分化も進んでいる。おとこメシ、キャンプ飯、ズボラめし、最終的には「おうちキャンプ飯」という矛盾をはらんだジャンルまで登場した。

そのあたりまでならまあ理解の範疇《はんちゆう》内だが、昨今は異世界居酒屋なるものが生まれ、ダンジョンで魔物を倒して調理する世界観も存在するらしい。もはやなんでもアリなのだ。

確かに食欲というものは誰もが持っているものなので、飲食は語れる、共感できるコンテンツとして廃《すた》れないだろう。SNSの隆盛ともリンクするかもしれない。

そんな時代に倣って本書のジャンル付けをさせてもらえば「#シーナめし」である。

例えば、新潮文庫に『全日本食えば食える図鑑』があるがこれはゲテモノと言い換えてもいい奇食エッセイだ。集英社文庫『どーしてこんなにうまいんだあ！』はレシピ（って言ってもかなり大雑把なものだが）本。小学館文庫『からいはうまい』は死に辛《から》上等ヒーハー紀行。これらはそれぞれの背骨がある、テーマに沿った食の読み物だった。

しかし、この「うまいものエッセイ」と題された「おなかがすいたハラペコだ。」というエッセイはタイトルからして曖昧だ。いかにも『まんが日本昔ばなし』の一人称が「おら」で気が優しくて力持ちの吾作《ごさく》が野良仕事を終えて言いそうなセリフそのまんまではないか。大丈夫なのか。

オリジナルの連載は「女性のひろば」という雑誌なので、同誌を確認してみると連載陣は「音楽と美術の出逢《であ》うところ」（加藤浩子《かとうひろこ》）とか、「万葉集の織りと染め」（堀尾眞紀子《ほりおまきこ》）とか、アカデミックこの上ない。吾作はお呼びでない。版元の日本共産党中央委員会出版局ももう少し考えたらどうかと勝手に心配になってくる。

そしてタイトルに偽りなしというか、案の定というか、本書のページを手繰《たぐ》っても手繰っても、悪食の記録というか、暴飲暴食の最果てというか、無頼丸かじりというか、とにかくなんでもござれの気取らず飾らないめしばかりだ。

ただただ、シンプルにうまそう、あるいはまずくて笑えるのである。

つまり、シーナめしとはそんなジャンルなのかもしれない。

併せて、大きな特徴に「自分の足で歩いて食ってきた」があると思う。

個人的に22ページの「駆け足、うまいもの大全」がこの本の表題作というか、ダイジェストと捉えているのだが、この項で紹介されているセントーヤ（パタゴニア）、シュース（モンゴル）、イッカククジラの皮（アラスカ）、プーパッポンカレー（タイ）、フー（ラオス）はすべて、椎名さんが現地に足を運んで自らの五感と胃袋に蓄積させてきた旅に紐《ひも》づけられた、土着の皿である。

その一方で99ページ「午前九時のタマゴ入り味噌汁《みそしる》」などは裏テーマと解釈できる。前出の「うまいもの大全」では北極圏から赤道まで行ったり来たりしながらワールドワイドで語られているのだが、「タマゴ入り味噌汁」の舞台は中野区の椎名家の台所だ。急激に狭まる。そこで椎名さんはゴソゴソとゆうべの味噌汁をあたため、卵を割り入れ、わさび漬けを見つけては独断と偏見で「勝った」とひとり快哉《かいさい》を叫ぶのである。

赤道から台所まで。広狭の振り幅もシーナめしのひとつの傾向であり、地球中のうまいもんを食っている椎名さんが、おじや、スイカ、ソーメンなどシンプルなものを礼賛するから、そこには説得力が生まれているのではないかと少なくとも僕は愚考している。ただ、そのあたりの奥行きを本人がテクニカルに狙って生んでいるかどうかといえば甚だ疑問だ。

前出の『どーしてこんなにうまいんだあ!』には読者からの声がいくつか紹介されているのだが、その中に以下のようなものがあった。

「土地土地に伝わる伝統の料理や調理法にはイチイチ意味があるってことを、各地を旅できない僕らの代わりに食べて報告してくれてるシーナさんの生き方に感謝とうらやましさを感じます」(原文ママ)

こんな作家冥利に尽きるような意見を聞いて当の本人は、「ううむ、やっぱりな。俺もかねてからそうだと思っていたんだよ」とあごのあたりを無意味にさすりながら、それっぽくビールをひとくち飲んでいたが、あのリアクションも含めて怪しい。

「本当にそんな深く考えてるんすかぁ?」

とか確認すると、「語尾を上げるんじゃねえ!」とか蜂蜜を横取りされたラーテルくらい怒り狂いそうなので、ここはバリ島ジャンクフード事変を例に出して検証したい。

本書にもちょいちょい登場する「雑魚《ざこ》釣り隊」の取材でバリ島に遠征したことがある。二〇一三年だ。フィッシングトーナメントに参加する以外はたいした予定がなかったため、クタビーチはずれのコテージ棟でのんべんだらりんと過ごしていた。贅沢《ぜいたく》な旅だった。

しかし、その怠惰な至福の時間は椎名さんによって大破されたのだった。二十三時過ぎだっただろうか。

「なんか腹減ったな、誰かなんか買ってきてくれよ。なんでもいいからよう」

いくらインドネシア屈指の繁華街・クタビーチとはいえ、その時間にまともなめしをテイクアウトできる店は少なそうだった。ほんとになんでもいいんすね怒らないでくださいよと念押しして原付バイクを走らせると二十四時間営業のバーガーキングがあったので、そこでワッパーとポテトのセット、あとはビンタンビールに飽きてきたというのでコンビニでギネスの小瓶を十本ほど買ってきたのだった。

それを椎名さんは上機嫌で食べていた。ポテトも残さず平らげた。ギネスも四本飲んだ。

「うめえじゃねえか。やっぱりバリ島にきたらこれだよなあ。明日もこのセットで頼む」

インドネシアで連日、ワッパーをつまみにギネスを飲む。ある意味ではグローバルだが、旅する作家よそれでいいのか！　とも強く思った。言うと怒られるから口には出さずに、僕も粛々とワッパーを食べたが。

たぶん、深く考えてないのだ。食欲のままに、その時に食べられるものを、好きなだけ。シーナめしはとても刹那的で偏愛主義な側面も持つ。

事実、この二十九編のうち七編が麺にまつわる話に集中している。特にソーメンとうどん（含うどんすき）がそれぞれ三回と最多出場を果たし、龍谷《りゅうこく》大平安高と松商《まつしょう》学園のごとき常連感だ。

甲子園つながりでいうと、椎名さんは新潮文庫から『すすれ！麺の甲子園』も出版しているが、とにかくそれくらい麺に入れあげているのだ。しかも、ここではソーメン、うどん、そば、ラーメンなどの他にもイカソーメンや白滝なども麺と定義してしまっている狂い方だ。そのうち七夕《たなばた》の短冊やシャーペンの芯あたりなら、食い出すかもしれない。

実際、雑魚釣り隊のキャンプ、特に夏の定番野外昼飯はこのシリーズ前作にもある「死に辛そば」なのだが、これを食う時の逆上ぶりはひどい、もとい、すごい。調理担当が薬味を刻んで湯を沸かしているうちから、上半身裸で割り箸を構えそのへんにある鍋釜コップをチンチキと鳴らし「まだかまだかまだか」とつぶやいている。七十歳をゆうに超えたじいちゃんがである。

茹《ゆ》であがったそばが冷水でシメられ大テーブルの中央にザルごと鎮座すると、割り箸を持って「どけどけどけ」と突撃してくる。人生において「どけどけどけ」なんて実際に言われることは案外ない。それも七十歳を超えたじいちゃんに。

そのじいちゃんは、茹でたての蕎麦《そば》を箸でごっそりさらい自丼に投入し、そこにむずと掴《つか》んだ刻みネギと刻みミョウガを加え、ラー油五本を丸ごと使ったタレをどばどばぶっかけ、そしてオバケのQ太郎ばりに豪快にすすり上げ、こういうのである。

「ああ、うめえ。おかわりもういっぱい！」

決してグルメではない。ガストロノミーなんてひょっとして対義語かもしれない。〝映《ば》え〟もシズル感も邪魔なだけだ。椎名さん本人はスムージーもタピオカもフラペチーノも飲んだことないし、エッグベネディクトやジャーサラダなんて聞いたことないだろう。

しかし、そういった流行におもねることは一切しなくても「女性のひろば」の連載は百回を超え、シリーズ第三作『あっ、ごはん炊くの忘れてた！』も単行本化されている。

どうやらまた、冷やし中華を憂いたり、豪華幕の内弁当にケチをつけたり、コロナ禍での食生活に触れたりと、脈絡と節操はないらしい。腹の鳴るままに。

飽食の時代に鋭く切り込むわけではない。ただワシワシと食い進み、ひたすらうぐうぐと飲み干し、その姿が我々の臓腑《ぞうふ》を刺激する。それだけのことだが、これを読んで椿《つばき》うどんを買いに行った人やうどんすきを試した家族は確実にいるだろう。

「シーナめし」には引力がある。そして食欲を扇動し巻き込む作用がある。マナー？　品位？　栄養バランス？　うまけりゃいいじゃねえか。

あるいは「シーナめし」の定義はこれを最後まで読んだ我々が決めるべきなのかもしれない。あなたにとってのシーナめしはどの項にありましたか？

（たけだ・そういちろう　怪しい雑魚釣り隊副隊長・ライター）

本書は、二〇一八年五月、新日本出版社より刊行されました。

初出誌
「女性のひろば」二〇一五年九月号～二〇一八年三月号

椎名誠の本

おなかがすいたハラペコだ。

子供のころ最高のゴチソーだったコロッケパンの思い出にはじまり、〝焚き火命〟の仲間たちと考案した豪快キャンプ料理、世界の辺境で出合った〈砂トカゲの蒸し焼き〉〈猿ジャガ〉などのオドロキ料理に、ときに嵐が吹き荒れるシーナ家の食卓事情——あれやこれやを食べまくる全編うまいものだらけの食欲モリモリ増進エッセイ。

集英社文庫

椎名誠の本

どーしてこんなにうまいんだあ！

世界各地の現地食を知り尽くしたシーナによる「この世で一番うまいものはなにか」の考察に始まり、〈しょうゆマヨスパゲティ〉〈そばの死に辛食い〉ほか、焚き火を囲んで考案した「黄金のバカうま料理」や、「あやしい探検隊」料理長が腕をふるった逸品など、誰でも手軽に作れるアウトドア料理をドカーンと紹介。カラー文庫。

集英社文庫

椎名誠の本

家族のあしあと

千葉の幕張に引っ越してきた大家族の椎名家。小さな生き物が息づく干潟が広がる土地で「ぼく」は小学生になった。家には四人のきょうだいたちがいて食卓はいつも賑やかだった。そんな当たり前の幸せな毎日だけど、我が家にはフクザツな事情が隠されていて……あたたかくも脆い「家族」の風景を綴ったシーナ的私小説。

集英社文庫

椎名誠の本

集英社文庫

EVENA エベナ

雨の高速道路で多重追突事故を引き起こしてしまった。いきなり飛び出してきた男のせいだ。違法薬物「エベナ」でラリっていたおれは、朦朧としながらも奴を追って町へ入る。だがそこは狂気じみたアウトローたちが屯《たむろ》する土地だった……幻覚と現実の狭間を硬質な筆致で描くハードボイルド・ロマン。

集英社文庫

おなかがすいたハラペコだ。② おかわりもういっぱい

2021年3月25日 第1刷 定価はカバーに表示してあります。

著者 椎名《しいな》 誠《まこと》

発行者 徳永 真

発行所 株式会社 集英社

東京都千代田区一ツ橋2-5-10 〒101-8050
電話 【編集部】03-3230-6095
【読者係】03-3230-6080
【販売部】03-3230-6393(書店専用)

印刷 株式会社 廣済堂

製本 株式会社 廣済堂

フォーマットデザイン アリヤマデザインストア マークデザイン 居山浩二

ISBN978-4-08-744223-6 C0195